好色泡姫

二次元ドリームノベ
小説 ひびき遊
挿絵 の歯
原作 アリスソフト
超昂大戦
～エスカレーション・ヒロインズ～
～ビギニングストーリー～

閃忍《せんにん》ハルカ
異世界において、数百年の時を超えて
現代に現れ強大なる邪悪組織ノロイ党を打ち破った
伝説の閃忍。今度は次元を超えて
トキサダ達の召喚に応じて馳せ参じた。
登場人物紹介
Characters
閃忍《せんにん》ナリカ
ハルカと同じ異世界で上弦衆の家系に育った少女。
閃忍ハルカ、スバルとともに、
悪のノロイ党を打ち破った。今度は次元を超えて
トキサダ達の召喚に応じて馳せ参じた。
戦部《いくさべ》トキサダ
地球防衛組織『ダイビート』の長官。
宇宙からの敵『アルダーク』に
世界を滅ぼされ、その未来を変えるために
ユーノと共にやってきた未来人。
ユーノ
トキサダと共に絶望の未来から
タイムスリップし、世界を守るために
やってきたダイビートの副官。
頼れるステキな女性。

◆プロローグ　逢魔が時に月影は煌めく

「ふふ。こちらの街もきれいですね」

逢魔《おうま》が時の門市《かんぬきし》が一望できる、ひときわ高いビルの屋上。

他に誰もいない、転落防止用フェンスの外側で一人——ミントカラーの私服を纏《まと》う鷹守《たかもり》ハルカは、濃紺の闇に沈む街の様子を眺めていた。

空に星が瞬き始め、地上にもたくさんの灯りが彩る。感じるのはそこに暮らす、大勢の人の気配だ。

これがハルカの守るべき世界——

（ああ、でも）

頬や鳶《とび》色の髪を撫でていく、冷えてきた風の匂いは、どこかハルカの知るものではない。

（……なんて、今更ですね）

くすりと自嘲混じりの苦笑がこぼれる。

もともとハルカが生まれた時代は、電気もガスも水道もない戦国の世だ。

◆プロローグ　逢魔が時に月影は煌めく

そこから時を超えて、現代へとやってきた。

――あの日のことを今でもハルカは、ありありと思い出せる。

でも今となっては、思いも寄らぬ遠い過去だ。

「まさか私が……今度は、別の世界に召喚されてしまうなんて」

感慨とともに呟きながら、遠くの方に視線を向ける。

そこに見えるのは、改装された巨大なアミューズメント施設――非営利積極的防衛組織《NPAD》『ダイビート』の基地だ。

今はまだ、世間には公式に名乗りを上げていない秘密の組織。

その開発ラボの召喚システム『ビート・ポータル』で、ハルカが突然招かれたのは、つい先日のことだった。

来るべき「その日」のため、ダイビートは世界を守る力を持つ戦士たちを、様々な世界より集めている。

戦闘に長けた特別なくノ一である、閃忍《せんにん》のハルカが呼び寄せられたのも、きっと道理だ。

(ならば私は人々のため、この力を振るうのみです……)

まだ平和な街に向かってハルカは誓う。それが『想破上弦衆《そうはじょうげんしゅう》』の忍びたる、誇りだから。

しかし、まだ信じられないこともある。ハルカは自ずと天を仰いだ。

そこに広がるのは、こちらの世界でも変わらない、円《まる》い月の浮かぶ夜空だが。

「……うちゅうじん」

ぽつりと口に出してみる。

まだどうにも違和感があった。

（本当に、そんなものが……？）

鬼や妖怪、悪霊どもと戦ってきたハルカも理解が追いつかない。

だが、ダイビート長官――戦部《いくさべ》トキサダは、壊滅した未来からこの時代に来たという。

宇宙からの侵略者の襲来になすすべもなく、人類は敗北した――

その記録映像をハルカも見た。この門市の街並みがすべて、無残な焦土と化しているところを。

それでも実感がわかないのは、きっと今見ている風景が、本当に平穏そのものだから。

（あまりに、現実味がなくて……）

未来人トキサダの知る門市襲撃の「Xデー」までは、まだいくらか猶予がある。

だからこうしてハルカは一人、気ままに街へと繰り出していた。

忍びである己が、命を賭して守るべき世界の姿を、もっとよく見ておくために。

「……んっ。ソースの、匂い？」

ふと、風に乗って届いたわずかな香りをハルカは感じ取る。

屋上からビルの真下を見れば――忍びの視力で捉えるのは「弦月《げんげつ》」という看板だ。

◆プロローグ　逢魔が時に月影は煌めく

「あれって、確か……お好み焼き屋さん？」

たぶん、そうだ。

食べたことはないものの、ダイビート基地の談話室にある、大型テレビで見た記憶があった。じゅうじゅうと鉄板の上で焼かれる、分厚いお好み焼きが美味しそうで、一度は行ってみたいと思っていた店だ。

こちらの世界のお金も、いくらかトキサダから支給されている。

毎度の食事はダイビートの食堂でも提供されるが、たまには外食で済ませるのもいいだろう。

（うーん。でも一人で行くよりも……）

ああいう店は、誰かと一緒のときがいいかも。そう思ったとき、頭に浮かんだのは一人の精悍《せいかん》な男の顔だ。

（たとえば……トキサダ様と二人で、とか。なんて）

自然と頬が緩むのをハルカも自覚する。

そのときだった。

「!?」

ぞわり。

地上に向けて集中したハルカの知覚に、何かが触れた。

それはほんのわずかな違和感。ともすれば勘違いで済むようなもの。

けれど、忍びだからこそ見逃せない感覚だった。

――いる。同じ、忍びの者が。

この世界にもハルカが属していたのとは違う、上弦衆がいるとは聞いていた。ハルカに理屈はわからないが、限りなく似た、違う世界線だかららしい。

（……来るっ！）

だが、こちらが察した瞬間、相手の敵意が感じられた。

闇に紛《まぎ》れし気配は三つ！

あちらもハルカを捉えたと同時に、地上二百メートルはあろうこのビルの、屋上へと駆け上がってくる。

同時にハルカも動いていた。屋上の縁から一歩、足を踏み出す。

ごうっ！

夜風を切って、ハルカは落ちる。

ビルの、そそり立つ壁面すれすれを自由落下だ。流れゆくコンクリートがスカートの裾を掠《かす》めたが、ハルカは恐怖を感じない。

それよりも真っ直ぐに、下から迫る三つの気配を確認していた。

（覆面を付けた、忍び!?）

殺気がハルカに放たれた。

壁を疾《はし》りながら覆面の忍者どもが、一斉に飛び道具を投げつける。漆黒の手裏剣だ。

「何者です！」

ハルカはすべてを鮮やかにかわし、壁を蹴る。今度はビルを真横に跳んだ。

誰何《すいか》に、忍者どもは答えない。

彼らが手にするのは、やはり闇に紛れる黒に塗られた、抜き身の刀だった。

だからハルカは秘めた力を解放する。

「装身・天衣霧縫《てんいむほう》！」

閃忍の長たる、特別な『龍の者』――その力より得た『淫力』が、全身を駆け巡り、ハルカの姿までも変貌《へんぼう》させる。

鮮やかな黄色と白の装束が身を包み、手には鋭利なクナイが現れていた。

これが閃忍の真の姿――

忍びにしては派手な格好に、相手の忍者どもがわずかに動じたようだ。

閃忍は闇に潜む者ではないから。

「はあッ！」

ハルカは舞う。

重力からも解き放たれるように、再びビルの屋上へと。誰も巻き込まないように。

「悪鬼彷徨《さまよ》う現《うつつ》の闇を！　払うは月影……我、上弦なり！」

そして誇りを胸に、名乗りを上げる。

「想破上弦衆、閃忍。ハルカ、見参！」

煌々《こうこう》と輝く月を背に、ハルカはビルのてっぺんに取り付けられた、細いアンテナの上に降り立った。

「上弦衆……ハルカ？」

「知らぬ名だ……」

「ククク」

ビルの屋上まで追ってきた覆面の忍者どもが、三方に散ってハルカを囲む。

やる気だ。

もう双方にこれ以上、言の葉を散らす必要はない。

敵の包囲網がぐんぐんと小さくなり――

「天雷よ、我が敵を撃て！」

そのときには、ハルカは昂《たかぶ》る淫力を奥義へと昇華する。

ハルカが操るのは雷撃だ。鳶色の髪に、纏う装束に、鮮やかな電光が走る。

――慌てて離れようとしてももう遅い。

「穿《せん》・四門五月雨《しもんさみだれ》！」

閃光がすべてを貫く！

ビルの屋上に本物の稲妻が落ちたような、凄まじい一撃だった。

逃げようとした三体の敵は皆、雷光に焼かれ、硬直した姿で倒れ込む。

「これが上弦の力です。手加減はしましたが……」

情報が欲しい。ハルカはあえて、命を取ることはしなかった。現に相手はびくびくと痙攣《けいれん》している。

だが、それが無意味だということもわかっていた。

三人は忍びだから。

手近な一人に近づいて、その覆面を剥いでみると。

「やっぱり」

すでに泡を吹いて事切れていた。覆面の内側に、自決用の毒物が仕込まれていたのだ。

他の二人も同じで、当然誰も身分のわかるものなど持っていない。

ただ、ハルカはぎょっとする。

(似てる……三つ子？)

よくよく見れば絶命した者たちは、どれもそっくりな顔をした男だった。

「こちらの世界で三つ子の忍びがいるのなら、そこから手がかりが掴《つか》めそうですね。ともあれ」

いったい彼らはなぜ、この街で暗躍していたのか。それはまったく謎のままだ。
（うちゅうじん、とやらと関連している？　……ううん）
決めつけるのは早計だ。
単なる偶然かもしれない。忍びとは常に、人の世の裏側に潜んでいるものだ。
しかし――意味なくそこにいるわけでもない。
（何かが、この街でもう、蠢いている？）
まだXデーまで日があるはずなのに。
「忍務完了、といきたいところですが……」
ハルカは閃忍から私服姿に戻りながら、夜の門市を眺めた。
ここから見える風景は相変わらず平穏だが、今はそれが不気味だった――

◆1　閃忍と龍の者

「以上が、戦闘の詳細となります」

帰還したハルカは、ダイビート基地内にあてがわれた個室で、改めての報告を終えた。

――ここはアミューズメント施設の宿泊所を改装した、メンバールームの一つ。

ホテルの広めのワンルームのような造りで、シーツの整えられたセミダブルのベッドが置かれ、書き物をするL字のデスクが据え付けられている。

壁には薄型モニターがあり、そこに今は銀色の髪を持つ、カーキ色の制服を羽織る美女が映っていた。

赤い瞳が印象的な、ダイビート副官であるユーノだ。

『処理班が現場に到着した、との連絡が入ったわ』

涼やかな声でユーノが伝える。

すでにハルカと入れ替わりで、ビル屋上に放置してきた三つの死体を回収するチームが手配されたのだ。

しかし映像越しのユーノが、きれいな顔をわずかにしかめる。

『でも痕跡はあれど、死体はなくなったみたいね』

「えっ。先に回収された、ということでしょうか？」

さすがにハルカも驚いた。

『いえ、それはないようだけど……見てもらった方が早いわね』

モニターの映像がユーノから切り替えられた。

映し出されたのはハルカにも見覚えのある、あの高層ビル屋上だ。

今は制服を着た隊員たちの姿もあり、たくさんの照明を持ち込んで、夜の闇を白く払う。

そこに捉えられるのは、コンクリートの上に落ちている、忍者装束が三つのみ。

「服、だけですか？」

『そうなの。そこ、もっと寄ってもらえるかしら』

ユーノの指示に従って、忍者装束の一つが拡大された。

やはり中身はどこにもない。

けれども何かが溶けたような、赤黒い汚れが残っていた。

『処理班が着いたときにはまだ、肉体の一部が確認できたらしいけど……記録映像を撮る前に、こんな感じで完全に分解消失したようよ』

「つまり死ねば、死体も残さない、ということか？」

先ほどからこの部屋にいる、もう一人が口を開いた。

カーテンの引かれた窓の側《そば》。そこで椅子に座り、ハルカの報告を聞いていた青年――ダイビート長官、戦部トキサダ。

滅亡した未来から、すべてを変えるためにやってきた男だ。

モニターの光を受ける彼の整った顔立ちに、ハルカはまだどきりとさせられる。

(似ている、わけではないですのに……)

年齢も背格好も、声だって、ハルカのよく知る「あの人」とは違う。

ハルカの世界の龍の者、戦部タカマル――

だが、こちらではトキサダが龍の者の末裔だ。そういう未来から来たという。

そして最悪の結末を覆すため、彼が最初にビート・ポータルで召喚したのは、なんと戦部タカマルだった。

そのタカマルは？

今は、トキサダと一つになった状態だという。

そんなことができたのは、龍の者という同一の存在であるからか。

(……でも確かに、いつもどこか、あの人を感じてしまいます……)

だからハルカもここにいる。同じように召喚で招かれたとき、誓ったのだ。タカマルとともにあるトキサダに、変わらず閃忍として仕えると。

それだけが想破上弦衆の忍びである、ハルカのすべてだ。

だからこそ今、ハルカはトキサダと二人きりで、こうして同じ部屋にいる。

「やはり……『殲《せん》』の連中だろうか？」

トキサダがぽつりと呟いたのは、この時代の想破と敵対する、上弦衆の流派の名だ。

「殲・上弦衆でしたか……？」

ハルカもその名を口にしたが、知らない相手だ。少なくともハルカのいた世界には、存在しない忍びである。

トキサダたちもまだ、詳しい動きを掴めていない存在だった。

その首領が「ハガネ」と呼ばれる男である、とはハルカも聞かされているが。

「ユーノ。こちらの世界の想破の者たちが、何か知っているかもしれない。うちに所属したメンバーからも聞き込みをしてくれ」

最終的にトキサダが方針を決めた。

「それと一応、死体の残留物の分析を、開発ラボに頼んで欲しい」

『了解。さやかさんの方に回しておくわ。でも』

ユーノの声が息継ぎを挟む。

『彼女は今、ビート・ポータルの調整にかかりきりなのよね』

「そうだった。博士の最優先事項は、そっちだったな」

『警戒任務も必要ね。誰か手隙のメンバーで、巡回させてみるわ。それじゃ』

映像が再びユーノに切り替わり、モニター上部に埋め込まれたカメラでハルカを捉えた。軽く微笑んでウィンクしてくる。

『私はこれで。楽しんでね、ハルカさん♪』

「あっ……はい。チャージも、閃忍の忍務ですから」

モニターの光が消える。

部屋の中を灯すのは、ムーディーなルームランプや、仄かなベッドライトだけになる。もうハルカの準備はできていた。帰還してすぐにシャワーも浴びて、今は裸にバスローブのみだ。

トキサダを呼んだのも、そのつもりだったから。

「あの、では……」

「うん。やさしくするよ、ハルカさん」

ハルカはするりとローブを脱いで、生まれたままの姿になる。

椅子から立ち上がったトキサダも、着ていた衣服をはだけた。

閃忍が淫力を得る方法は、ただ一つ。龍の者とまぐわう——『龍輪功《エッチ》』を行うこと。

心と体を重ね合わせることで、ハルカは消耗した力を回復できる。次の戦いに備えるために。

それが忍びだ。

当たり前の、閃忍の義務である。情愛は関係ない。

すでにトキサダとは何度か肌を合わせていた。

ぎしりとコイルスプリングを揺らし、二人はベッドに上がった。

彼の腕が伸び、逞《たくま》しい指が、ハルカの乳房をそっと撫でた。細い腰や腿をじっくりと這《は》う。

「あっ、トキサダ、様っ……」

さすがは龍の者。タカマルがそうだったように、女の扱いを知っている。ソフトタッチでハルカの触って欲しいポイントを、あえて外してきた。

はあぁぁぁ、と切なさに思わず、吐く息が熱を帯びる。

「あぁ、そんなに……じらすだなんて」

「こうした方が、淫力が昂ると思ってさ」

「はい……おっしゃるとおり、です……。トキサダ様の指づかい……とても、心地よいですよ……」

淫力とは女が、淫らになることで得る力。そのために十分な技をトキサダという男は持っていた。

その一方で、実は龍の者が精を放つ必要はない。

男が満足しなくともよいのが、普通の情事との違いだった。

――くちゅっ。

「んっ」

トキサダの指が、ついにハルカの蜜壺に触れた。

もうそこは十分に滴り、するりと指先を受け入れる。

「あ、はっ……あふぁっ」

体内にあっさりと二本も受け入れてしまった。

内側から熟れた秘肉を愛撫され、ハルカは快感にくねり、仰け反る。

それを後ろから受け止めたトキサダの、耳にかかる吐息すら、ぞくぞくした。

だが背中を預けた彼が、ハルカとは違い、まだズボンを穿いたままでいるのに気付く。

(やっぱり、トキサダ様は……)

最後の一線は越えない。

ハルカの想い人、タカマルではないから。

そこまでしなくてもいいから。

彼は龍の者であり、ダイビート長官だ。その力で閃忍に似た、人を超えた強さを持つ『超昂戦士』を組織する。

適合する選ばれた乙女しかなれない、特別な戦士だ。

彼女たちは『ＡＤＤＤ《アドバンス・ドキドキダイナモ》』というシステムで、トキサダとのまぐわいを介して、淫力のようにチャージを受ける。

すなわち彼は複数の女を相手に、肉体関係を持っていた。

トキサダにとってそれは、あくまで義務だ。戦うために必要な行為でしかない。

「……ああ、すごいっ」

だけどハルカは後ろ手に、彼のズボンを突き上げる、硬く滾《たぎ》ったふくらみに触れた。

「トキサダ様のこちら、こんなに……」

「ハルカさん、俺はいいから」

「いえ。とても苦しそうで……かわいそうです。今宵はぜひ、私にもさせてくださいませ」

ね？　と抱えられていた体勢から、ハルカは逃れる。

膣内に入っていた指が抜け、きらりといやらしい糸を引いた。

「ん、ふっ。ちゅぱっ」

今度はハルカの番だ。ベッドにやさしくトキサダを押し倒し、たっぷりと愛液に濡れた指先をしゃぶる。

「う。ハルカさん……」

「ふふ、トキサダ様……とっても気持ちよさそうですよ？」

指は感覚の集まるところだ。

舌全体でじっくりねぶれば、トキサダの目に欲情の色が現れる。

閨《ねや》で本気を出したくノ一に、昂らぬ男はいないのだ。

「そう……火が付いていいのですよ……うふふ」

もちろんこの程度では終わらない。指に奉仕しながらもハルカは、彼のズボンのベルトをほどいていた。

下着まで剥《む》けばついに、びん！　とそそり立つ肉棒と対面する。

「わあ……！　なんて、立派なお姿でしょう」

むわっ、と牡の臭いがした。ぱんぱんに張った先端は、漏れ出た汁でぬらぬらと光っている。

それがむしろ、たまらない——女としてハルカはどうしようもなく体が疼《うず》いた。

「ああ、トキサダ様っ」

ハルカは自分で、濡れそぼつ肉壺を掻き回す。ぐちゅぐちゅと恥ずかしい音を漏らし、泡立った愛液をトキサダの男根に擦り付ける。

そして、たわわな胸の柔肉二つで挟み込んだ。

「くっ、あぁっ」

「そんなかわいい声も出せるのですね、トキサダ様って。ふふ……ああ、でもこれ、すごくおっきいですよ」

挟んだ乳房の間から、トキサダの男の象徴は、頭の部分がはみ出ていた。

ハルカがどう上下に揺さぶっても、収まりきらないサイズだ。

(こんな雄々しいものを、ついに私の中に……！)

ぱんぱんに張った先端から、透明な先走り汁が垂れ落ちる。

なんてもったいないのだろう！

「仕方ないですね……あむっ」

「うっ！　ハルカ、さん！」

「ん……んふっ」

肉棒の先っぽを口でしゃぶり、ハルカはねっとりと味わった。

硬くてびくびくと時折震え——美味しい。

じゅるるるるるっ！

「う、うっ！」

鈴口から中身をすすれば、トキサダが甘く呻《うめ》いた。

(やっぱり、タカマル様と味も、似てるかも……？)

夢中になって頬張れば、だらだらと涎《よだれ》がこぼれ、胸のふくらみまでたっぷりと濡れた。

挟み込んだ肉棒の滑りがよくなる。

それが気持ちいいようで、いつしかトキサダの腰が動いていた。

（あっ。私……今、おっぱいと口を、犯されているのですねっ）

ずりゅっ、ずにゅっ、ねちっ。

反り返る大きな肉棒が抽挿され、女の肉をひたすら貪る。その速度が速まっていく。よりハルカを求めて。

それが、ただただ愛おしく思えて。

「んっ、ぷはっ。トキサダ様……」

だからハルカは、あえてトキサダから一度離れた。

ぺちんっ！

口から出した男根が、彼の臍《へそ》まで跳《は》ねて、鍛えられた腹筋を打つ。

もわあっ、と唾液の湯気がかすかに立ち、ベッドの上に濃密な匂いを放った。びくんっ、と物足りなげに、裏筋を見せた竿が震える。

「ハルカさん……」

「……今度は、こちらに」

ここでやめるわけがない。

ベッドライトの明かりでも、しっかりと彼にすべてが見えるよう、四つん這いになり尻を持ち上げる。

「私を……どうぞ、使ってください。お願いいたします」

ハルカは牝として懇願した。

ぱっくりと開いた割れ目も、ひくつく菊門も、大事なところを晒して誘う。

彼ならば最後の一線を越えてもいい。

本気でそう思ったのはやはり、トキサダの中にタカマルがいるから？

「ハルカさん！　……俺はっ」

「きゃっ」

女にここまでさせておいて、無下《むげ》に断る男はいない。トキサダもたまらず覆い被さってくる。

ずにゅうううううっ。

「ああんっ、ふあぁぁぁぁあっ⁉」

後ろから挿入——されたのではなかった。

彼の怒張した一物は、足を閉じ合わさるようにされたハルカの、その間に差し込まれていた。

「えっ、え？　トキサダ、様っ？」

「すまない、ハルカさん。今はこれで、あなたを堪能させてくれ」

いわゆる素股だ。やはり彼は一線を守るのだ。

けれども二人の性器が擦れ合えば、ハルカは快楽に乳を揺らした。

「あっ、あん！　ああん！　すごい……すごいですっ、これ！　挿れられてる、みたいですっ、あはあん！」

ぱんっ、ぱん、ぱん、ぱん！

激しい肉の打ち込みに合わせ、びちゃびちゃに濡れた陰裂《いんれつ》の上を、滾る肉棒が往復する。

（なに？　これ……私、知りませんっ～～～～）

ハルカは戸惑う。

閃忍として、性技の頂点たる「房中術」も会得した。膣内《なか》に入ってきた男のために、子宮口をどう使えばいいかまで極めているのだ。

しかし挿れられないままでも、こんなに気持ちよくなれるなんて――

トキサダの硬い先端に、ハルカの陰核《いんかく》が擦れ合い、そのたびに快楽が爆《は》ぜた。

（イってる⁉　イってます、私……！　こ、こんなに、何度もっ⁉）

「うぅんっ、ふああっ！　ああっ、はあぁ、あぁぁあっ、あああああああ！」

だらしなく声を上げていた。頭の中が真っ白になる。

これが普通の性交ではなく、閃忍としての力を得るための、龍輪功というのも忘れ――トキサダに合わせて尻を振っていた。

もっと欲しい。

もっと、もっと、もっと！

「ハルカさん……！」

「は、はいぃっ」

急に腰を抱かれて、気が付けばハルカは仰向けに転がされていた。

ちかちかする視界の中に、トキサダの顔が見える。

彼はまた、ぴたりとハルカの腿を合わせて、その間に怒張したものを差し込んだ。

少し切なそうな表情をしているだろうか？

「トキサダ、様っ……！」

「ああ、ハルカさん、ハルカ！」

名を呼びながら、トキサダがゆっくりと、腰の速度を上げていく。

「ハルカ、ハルカ、ハルカあ！　射精《で》るっ、射精《で》るぞ、もう！」

「～～～～～～～～～～～～～～～っ!!」

ハルカはもう、突かれるたびに甘い息とともに、がくがくと腰を震わすだけになった。

――ひときわ熱い迸《ほとばし》りが、ハルカの腹に吐き出された。

それは大量に飛んで、白い乳房まで汚す。

トキサダが果てたのだ。

そしてハルカもしばし、火照った肌より熱を持つ白濁汁の感覚に、うっとりと酔いしれる。

部屋の中に二人の荒い息づかいだけが、静かに満ちた。

やがてくすりと笑いかけたのは、ハルカだったかトキサダだったか。

「すごく……すごくよかったよ、ハルカさん」

「私もです。トキサダ様……」

いけない、とハルカは自戒する。一瞬、さっきみたいに呼び捨てで名前を口にしてくれていいのに、と思ったのだ。

だがそれは女の感想だ。忍びとしてはふさわしくない。

たとえ彼が、愛しいタカマルと融合した相手であっても。

♥

『あっ、トキサダ様……どうぞ、そのままで。私が全部きれいにしますね……』

スマートフォンの画面に、仄暗《ほのぐら》い部屋の中で、精を放った男の股間にしゃぶりつくハルカが映る。

「うっそ、ハルカさん、お掃除フェラまでしちゃうの⁉」

ダイビート基地内の自室で、スマートフォンにかじりついていた四方堂《しほうどう》ナリカは、たまらず声を上げていた。

座り込んでいたベッドの上に、ばふん、と転がる。ツインテールに結んだピンク髪の束が、遅れて枕の上に落ちた。

――メンバールームにある薄型モニターに付けられた、小型カメラ。

これを実はこっそり使って、お互いの部屋を監視できるようにしているのは、同じ世界から来た閃忍どうしだから。

ナリカもまた、龍の者タカマルに仕えていた忍びだった。

何があるかわからない。何かあったときのため、常日頃備えるのが忍びというもの。

だからいつものように気軽な気持ちで、こうしてカメラ映像をスマートフォンに呼び出したのだが。

今回、まさかの龍輪功の最中だとは、さすがに予想していなかった。

全部見た。

見てしまった。

最初から最後まで、つぶさに。

『あむっ。じゅぽっ……ぐぷっ、じゅるっ』

『う、ううっ、ハルカさん……そんなにされたら、俺、また……』

『ふふっ。元気になっちゃいましたね』

（ハルカさんったら、すごく……エッチな顔してる……）

画面が小さいせいで、画質はさほどよくないが、夢中でしゃぶるハルカの横顔がしっかり見えた。

（こんなの、見ちゃったら……私っ）

「あっ、はッ！」

部屋着の短いスカートをめくり、つい股間を触れば、下着がしっとり湿っていた。薄い布越しにも、ナリカの女陰《じょいん》が敏感に反応する。

自分でも驚くほど大きな声が出て、ナリカは慌てて口を押さえた。

大丈夫――こちらの音声はもとより、スマートフォンの向こうには届いていない。

それでもさすがにばつが悪くて、カメラ映像をオフにした。スマートフォンをそばに投げ出し、はあぁ、と思わず溜息を漏らす。

だけど、一度火のついた体は鎮まらない。

「……ん、ふあぁぁ」

服の中に手を入れて、ナリカは自分の胸をまさぐった。

部屋着だからブラジャーは着けていない。すぐにぷっくりと勃《た》った、かわいらしい二つの突起に指が触れる。

「んんっ、ン！」

（パイズリしながら咥《くわ》えてたの、すごかったなあ……）

胸をいじりながら思い出すのは、ハルカのテクニカルパイズリフェラだ。

あの特殊なフェラチオは、残念ながらナリカにはできない。小柄でロリ体型なせいで、胸がツルペタだから。

(フェラチオには自信あるんだけどな。舌使いも訓練してるし。タカマルなんか、私は口がちっちゃいから、狭くて気持ちいいって喜んでくれてたし。おっぱいは……感度はいい、はずだけど)

「んあ、はっ！」

こりこりといじれば、それだけでナリカは背中を浮かす。

(あああ、タカマル！　タカマル！　タカマル！　会いたいよおぉ……！)

ハルカ同様、ビート・ポータルの召喚により、こっちの世界に来たナリカ。

もちろんタカマルが先に招かれ、トキサダと一つになっていることは知らされている。

そしてすべてが終わるまでは、タカマルが元の存在に戻れないことも。

宇宙からの襲撃を乗り越えるまでは、トキサダに力を貸す。

それが龍の者である、戦部タカマルの意志なのだ。

(この世界をしっかりと守り切って、それからタカマルと帰るんだから……ハルカさんとも、一緒に。ううっ、それまでは)

「はあぁン！」

小さな胸をいじりつつ、ナリカは改めて股間をまさぐる。

水っぽい愛液ですっかり滴る下着の脇から、秘裂に指を滑らせた。

布と擦れる陰核が切ないが、直接いじるのは慣れていなくて、まだ痛い。膣口《ちつこう》をちゅくちゅくと掻き混ぜるように刺激するのが、ナリカのお気に入りのオナニーだ。

自分の奥まで届いていいのは、愛しのタカマルだけなのだから。

でもこれで十分、果てるまで昇っていける。

くちゅくちゅくちゅくちゅ、くちゃくちゃくちゃくちゃっ。

「あん……あ、あっ……あぁぁっ！」

煌々と照明に照らされた部屋で、いやらしい水音を立てるだけでも昂奮する。

こんなところをもし、ハルカがカメラで見ていたら？

「いやっ！」

想像しただけで余計に昂る。きゅううっ、とやわらかい肉ひだが、熱っぽく指先を締めた。

忍びにプライバシーなんて、ない。

本当に今、見られているかもしれない――

しかも部屋にいるトキサダと一緒に、とか。

「ダメダメダメダメダメええぇ！　長官さんっ、私のこんなとこ、見ちゃらめぇぇ～～～っ♥」

涎を垂らして恥ずかしい哀願をするが、ナリカは開いた股を大胆に、モニターのカメラの方に向けていた。

（み、見てえええぇッ！）

「あンンン‼」

どうしようもない背徳感で、ぶるぶると絶頂に達する。

しばし、きゅうう、と両足の指を曲げて。

「……っはああ〜〜っ」

ちゅぷっ、と音を立ててナリカはようやく指を引き抜いた。くたりとなって、シーツの海に身を委ねる。

「すっごく……濡れちゃったあぁ、ふぅ」

さらさらの愛液が指に煌めく。手首までぐっしょりだ。

拭かなきゃ。シャワーも浴びて、着替えもしなきゃ。

そう思いながらもナリカは、はだけた自分の控えめな胸が、ゆるく上下に動いているのをぼんやり見ていた。

この余韻に浸る時間までが、ナリカの自慰なのだ。

（ほんと、私って……どうしようもなく、エッチな女の子なんだから……）

——ケロケロケロッ♪

「っ⁉」

いきなり頭の傍で、けたたましいメロディとともにカエルの鳴き声ボイスが響く。

枕元に置いてあった、スマートフォンの着信音だ。

とっさに跳ね起き、拾い上げたその画面を確認するより、うっかり通話ボタンを押すのが早かった。

「は、はい！　もしもし？」

（って、なんで電話に出ちゃうのよ、私〜〜〜〜？）

『ナリカさん、夜分失礼します。ユーノです』

「あ、はいっ！　ユーノさん！　なんですか？」

副官ユーノのことは、もちろんナリカも知っている。

そもそも支給されたスマートフォンに登録しているのは、閃忍仲間のハルカ以外では、ダイビート関係者ばかりだ。

『一仕事お願いしたいことがあるの。市街の巡回警備をメンバーから出したくて……。交代制で何人かにお願いしているんだけど、ナリカさんは明日の午後って大丈夫かしら？』

「あっ、ハルカさんの件ですね。別に、ぜんぜん空いてますよ」

息を整えながら平静を装い、オナニー直後なのを必死に隠す。

けれども、またもうっかりしていた。

『そうなんだけど……あら。そっちまで誰か、報告を入れてたかしら？』

しまった。ナリカの血の気が引く。

よもや、ハルカとトキサダの龍輪功を覗き見する前から、たまたまカメラに侵入してい
たから――とは吐露できない。

「し、忍びなので！　私！」

『そう……そうだったわね。ナリカちゃんかわいいから、閃忍というのを私も忘れてたわ。

ふふ』

「……耳が聡《さと》いのが忍びなんですよ。あはは！」

『じゃあ明日、お願いね。細かなスケジュールについては改めて電子メールで送っておく
から、また確認してくれれば』

「はい、了解でーす」

お休みの挨拶で締めて、電話が終わった。

「あ、危なかった……危なかったよ、私ー！」

スマートフォンを握ったままナリカは、へなへなと崩れ落ちる。

――ケロケロ、ケロケロッ♪

「ひ⁉」

再び着信音が鳴り、びくんと起きた。

だが今度は電話じゃない。メールの受信を示すもの。

スマートフォンの画面には「明日の巡回警備スケジュール」とのタイトルが。

「ユーノさん？　仕事早すぎでしょ……！」

それくらいでなければダイビートの副官は務まらない、のかも。感心しつつ、ナリカはさっそくメールの中身を画面に出した。

「ふむふむ、明日は14時からの交代でいいのね。へっ？」

けれども次の瞬間、目を剥いた。

「同行者、長官【戦部トキサダ】って……なんなの――!?」

◆2　電車デートで露出プレイ！

「……本当に、長官さんもついてくるんですね……！」

「うん？　ユーノのスケジュールどおりだろう？」

「それは……そうなんですけども」

翌日の14時。メールでの指示通り、ナリカは私服姿で市街地に出ていた。

快晴の空の下――映えるのは、元の世界でも着ていた、赤と白の学生服に似せたもの。

これが一番しっくり来るし、そもそもナリカは閃忍であると同時に、あちらでは学生だったから。

門市の学校に通えるよう手配も進んでいて、日常に紛れ込むには都合がいい。

――隣にキメた格好の、トキサダがくっついていなければ。

（いや、でも……これって）

なんとなくユーノの意図はわかっていた。持ってきた小ぶりなバッグに、つい視線を落とす。

その中には出かける前に、ダイビート基地でユーノからこっそり渡された「あるもの」が入っていたから。

今はパッケージに入っているそれを、最初に見せられたときは唖然としたが。

「実はユーノが……ナリカくんと俺はまだ、同じ閃忍のハルカさんより距離があるから。龍の者としても、親睦を深めておいた方がいいってさ」

袖を通した品のあるジャケットを示し、トキサダが自白した。

「つまり、その。……デートってことですよね？」

「うん、そう」

「いいんですか？　これ、その」

巡回警備では——と、一応周囲を気にして声を落とす。

別に、他にダイビートのスタッフがいるわけではなかったが。

「俺としても、仕事の一環でやっている最中にどうか、とは思ったんだが……なにせ余裕がなくてだな」

「あ……」

「ユーノ曰く、これが効率的なスケジュールだそうだ。俺としても街に出るのはやぶさかでもないしな」

私鉄の駅のある、門市の繁華街。

行き交う人々の流れに向けたトキサダの目は、どこか懐かしそうにナリカには見えた。

（今の……）

とくん。鼓動が跳ねる。

トキサダのことはよく知らない。未来人である生い立ちは聞いていたが、それくらいだ。

彼の感情が、ナリカにわかるはずもない。

しかしこれは、彼とともにあるタカマルが、淫力で繋がる閃忍のナリカに伝えたものだろうか？

そんな不思議な絆が、淫力にはある。

龍の者とのまぐわいは、ただの性行為ではないのだから。

（うん、やっぱりいるんだ。長官さんの中にタカマルが……）

「付き合わせるナリカくんには、申し訳ないと思っているが」

「……いいですよ、長官さん。どのみち何か起こるまでは、私だって特にやることもないですし」

はい、とナリカは手を差し出す。

「デートしましょう。次の交代まであちこち、一緒に付き合ってくださいね！」

「ああ。こちらこそ今日はよろしく」

トキサダがやさしく指を絡める。

なんと、自然と恋人つなぎだ。

さすがにナリカはどぎまぎした。

「ちょっと……長官さんって、やっぱり、女の子の扱いに慣れてますよね？」

「え、そうかい？　何か俺やっちゃった？」

「ふーん。無意識なんだあ〜」

「まいったな」

本当に自覚はないようで、彼は鼻の頭に触れた。

その仕草にナリカははっとする。

（こういうとこ、タカマルと一緒なんだ……！）

だから、気が付けば自分の方からトキサダを引っ張っていた。

「行きますよっ、長官さん♪」

「おっと。お手柔らかにお願いするよ、ナリカくん」


市街地の巡回警備ということで、ナリカはできるだけ広範囲を移動する。

すなわち私鉄の路線を使って、門市を中心に、あちこちの駅に降りてみた。

その周辺を少しうろついて、また駅に戻ると電車に乗り、次に向かう。

　──その繰り返しだ。

「まさか門市の外にまで出るなんてなぁ」

「相手は、私と同じ忍びですから」

　ずっと恋人つなぎのままで、トキサダは付き合ってくれる。隣どうしで電車の長椅子に揺られながら、くすりとナリカは笑いかけた。

「目的はわからないけども……ハルカさんと接触した近くには、もういないと思うんですよね。それよりも紛れるなら、もっと外側の人の流れというか、それで」

「そうか。駅に来る大勢の中から、気配を感じ取ろうってわけか」

「でも今のところ動きはないかなって。たぶん昨日の今日で相当警戒してるのかなあ？」

　ハルカとの接触は、向こうにとって突発的な事態のはず。

　こういうときは息を潜め、こちらが勝手に消耗するのを待つ──というのも策の一つだ。

　情報を掴ませないことこそが、忍びの本質なのだから。

（ほんっと、私が言うのもなんだけど……忍者って面倒ね）

「うーん……こうなったら、あっちを呼び込んだ方が早いかも、ですね」

「？　それは……」

「ちょっと、その。こんなのを用意してきてまして、ですね」

　ごそごそ。ナリカは持ってきたバッグの中から、一枚の『隠形符《おんぎょうふ》』を取り出した。

ユーノから渡された「あるもの」とは別のアイテム。一見ただの細長い紙切れだが、上弦衆が開発した術式の込められた代物だ。

「それは？」

「ほら私たち閃忍って、一般市民から顔を隠すために『認識阻害』の術式を使って、ごまかしてるじゃないですか」

悪を討つため、閃忍は堂々としている。その格好も、忍ぶとは無縁の派手さを皆、好む。

なぜなら正義はここにあり、と示さねばならないから。

しかし、やはり顔バレは避けるべきで、そのために隠形符は作られた。

おかげで写真や動画に撮られても、顔が映ることはない。変身時の姿を目視されても、はっきりとは思い出せなくなる。とても便利な術だった。

「それをＡＤＤＤにも応用したいからって、提供してた一枚なの」

「ああ、博士から聞いたことあったかな。正義の味方は正体を隠すべし、だったか……」

「私たちみたいな、他の世界から来た者たちはまだいいですけどね。こっちでスカウトされて戦士になった人たちは、コードネームで呼び合ったりもするんでしょ？」

敵は宇宙から来るという。

そんな相手が、戦士になった者たちの縁者を狙うとは思わないが――わざわざ正体を明かして戦う必要はない。

「ああ、戦闘が始まればマスコミが騒ぎ立てることもある。不要なリスクから戦闘スタッフを守るのも大事だ、と判断したんだ」

方針を決めたトキサダが頷く。

「そうか、認識阻害については、閃忍の術式を応用することにしたのか。高円寺《こうえんじ》博士は相変わらず頭が柔軟だな」

「私もハルカさんもびっくりしましたよ。でもまさか、符の解析までしちゃうなんて……。もっとも力の流れがはっきり確認できるように、強力に式を組んだから、かもだけど」

ともあれ、サンプルとして使い終わった符の廃棄を兼ねて、利用しようと持ってきたのだ。

「これを発動させれば……えーと」

ナリカはちょっと惜しみながらも、組んでいた恋人つなぎを離し、長椅子から腰を上げた。

そしてトキサダが座る席の、すぐ前で符を掲げる。

片手で印を結び、必要な呪文を素早く唱えて——

「はあああっ！」

——キイイィーン。

見えない波紋が広がって、周囲の空気が少し震えた。

トキサダも感じたようで息を呑む。

「今のは……」

「これで成功したはずだけど、どうかな？」

ナリカは、がたごとと揺れる車両内を見回した。

まだ帰宅ラッシュには早い時間だ。立っている乗客はなく、席もずいぶん空いている。窓から入る暖かな日差しに、うたた寝をしているお年寄りがいた。靴を脱いで車窓に貼り付いている男の子と、見守る母親。ゲームでもしているのか、スマートフォンにかじりつくスーツの男もいた。

ナリカたちの向かいには、三人組の制服姿の女子たちが、小声でくすくす談笑している。

そんな彼女たちへと、ナリカはパチン！　と強く指を鳴らした。

「うん、いけてるっぽい！」

明らかに、鋭く響いた指の音。

しかし女子学生は誰一人反応しない。

それどころか車両にいた他の者たちも、顔を上げてこちらを見ることはなかった。

「なるほど……符の力で、俺たちのことがわからなくなったのか？」

「ご明察～」

理解の早いトキサダに、ナリカはくすりと微笑んだ。

「一般人には私たちの姿も、声も、もう認識できないの」

「すごいな。これは」

見えないだけじゃない。駅に停車し、ドアが開けば、新たな乗客が乗り込んできた。

しかし皆、トキサダやナリカの前を素通りし、わざわざ子供や寝ている老人の横に腰を下ろす。

「やっぱり符の効果は完璧ね！　私たちのこと、無意識に避けるんです。これで効果が持続する間は、何やっても一般人には知覚できないよ」

トキサダの横に座り直して、ナリカは微笑む。

「これに気付くのは、同じ忍びの者くらいだから」

「ふむ。そうやって誘い込めれば、ということか」

「はい。あくまで引っかかってくれれば、程度の作戦ですけどね」

(あ。……やばい、かもっ)

そのとき、ナリカははたと気付く。

何をしてもばれない――この、衆人環視の状況で。

そして隣には今、トキサダがいる。

急にナリカの中でむくむくと、抑えきれない何かが身をもたげた。

すううっ、と嗅ぐのは、トキサダの仄かな牡の臭いだ。

（本当にばれない、なら……）

「ねえ長官さん。私と距離を詰めたいんでした、よね？」

「？　ああ、そうだけど」

「じゃあ結局、これしかないと思うの。閃忍と龍の者の、関係って」

ナリカは――自分から胸元をはだけていた。

学生服の前を開き、露わになったスポーツブラをずらして、薄いふくらみをトキサダに晒す。

「ナリカくん？」

突然のことに彼は驚いたようだ。

（見られてる！　見られちゃってる、こんなところで！　やばいよ～～～～！）

心臓がばくばく跳ねて、耳まで火照るのがわかった。

向かいの女子三人は、やはりまったく気付いていない。

他の乗客たちも同様だ。

（大丈夫。大丈夫だから……私っ）

「龍輪功しよっ、長官さん♪」

座ったまま、するりと脱いだのはショーツだ。挑発するように、ナリカはそれを自分とトキサダの間に落とす。

　長椅子の上で丸まった白い下着には、くっきりといやらしい染みができていた。

　それを見て、トキサダが薄く笑った。

「わかった。女の子の誘いを断るほど、俺も野暮じゃないからね」

「は、はい」

「じゃあ……せっかく脱いだんだ。そのまま指でシてみてくれないか」

「え？　ええっ、ここで、オナニー⁉」

「何か問題が？」

　トキサダが立ち上がる。ナリカの正面に移動して、吊り革を両手で持ち、楽しそうに見下ろしてきた。

　直接手を出そうとしないのはもしかしたら、やはり彼の中にいる、タカマルに配慮してかも。なんとなくナリカはそう感じ取る。

（……うん。長官さんと一つになったタカマルが、私のエッチなとこを見たがってる？　だったら……）

　逆らえない。

　ナリカは閃忍であり、タカマルに従う者だから。

「んっ……了、解っ。あっ、ン！」

　座ったまま丈の短いスカートをまくり、大事なところを彼に見せる。

濡れてはいるが、真っ直ぐに閉じた縦筋が露わになる。

「開いて、ナリカ」

(いきなり呼び捨て⁉　あぁぁあ、でも！)

「はいぃ……」

命じられるままにナリカは、M字に足を大きく開いた。

「そうじゃない」

「えっ」

「わかるな？　ナリカなら」

「……うぅ、こっち？」

くぱあぁ。

ナリカは両手の指をそえて、縦筋を彼の前で割ってみせた。

(見えてるっ！　全部、私の……膣内《なか》までぇ！)

トキサダは吊り革に掴まったまま、身を乗り出してナリカの内側を観察する。

と思ったら急に、そのまま身をよじった。

彼の体で隠れていた向こう側には、もちろん女子三人がいた。

彼女たちの一人の目が、真っ直ぐこちらに向けられていて——

(ら、らめぇぇえええええええ〜〜〜〜〜〜〜〜♥)

声を必死に我慢して、慌ててナリカは足を閉じた。

いいや、大丈夫。見られていない、はず。

――符の効果は続いている。

女の子がナリカの方を見ていたのは、たまたまだ。

「何をしているんだ、ナリカ。ぜんぜんできてないじゃないか」

トキサダは容赦がない。

完全にドSモードになっていた。

「だ、だってぇ」

「仕方ないな。じゃあ俺が誘導するから、言われたとおりにするんだ」

「う……はっ、はい……」

「まずは胸だ。強く指で挟んで、ギュッと左右に」

「こう……？　ンッ」

指示通りにナリカは自分の胸をつまむ。控えめな二つのふくらみを、がんばってひねってみた。

違う。足りない。トキサダが瞳でそう語る。

「いっ、ん！　んん、あうッ！」

（痛い！　でも、これ……いい、かもっ）

「いいぞ。そしたら敏感になった先端を、指の腹で掠らせるようにして、愛撫するんだ」

「あっ。ふあああっ！　……はぁン‼」

今度は刺激が弱いはずなのに、ナリカはたまらず甘く呻いた。

トキサダが満足げに目を細めている。

「そうそう、コツは緩急だ。わかったか？」

「はっ、はいっ……」

「それにしても胸を少しいじっただけで、すごい濡れっぷりだな？」

「ふ、ふえぇ⁉」

トキサダの言うとおり。自然に開いていた腿の付け根は、たっぷりの愛液でびしょびしょだ。

慌ててやっぱり、閉じてしまったが。

「さあ、次はアソコの番だ。ほらちゃんと足を開いて、周りの人にも見えるように……」

「あぁぁ、あぁぁぁぁ……ちょ――かんさぁ――――ん！」

トキサダ以外には見られていない、とわかっていても、ナリカは恥ずかしさで死にそうになる。

だが、やめて欲しいとは思わなかった。

「指を少しだけ入れて、掻き混ぜるように愛撫だ。ナリカ」

「は、はいいいぃ！　んっ……あっ、ふああ！」

くちゅくちゅ、ちゃくちゃくっ。

膣口をいじるのは慣れている。だけどこんな、明るい電車のシートで自慰にふけるのは初体験だ。

がたんごとんと揺れる音に掻き消されるが、指の感触だけで、自分が淫らな滴りを響かせているのはわかった。

まだ入り口を、浅くほじっているだけなのに。

「ナリカ。その指で、ぷっくり勃ったクリトリスを撫で上げるんだ」

「えっ……で、でもっ」

濡れた指を引き抜きつつも、ナリカは戸惑う。

「そこって、私。触ると痛くて……」

「ああ、そういえばまだ、皮が剥けてないんだな」

「へ、変？　変かな、私のココって！」

「大丈夫。いきなり皮を剥くと刺激が強すぎるから、やさしくでいいんだ」

「う、うん……こう？　あ、うっ！」

触れるとこりこりに硬くなった陰核がわかる。

そこには確かに、包皮が纏わりついていて――

「クリ皮ごと、上下にこすってごらん。愛液をしっかり絡めて」

「はっ、はい……ん、あああッ！　ひゃうっ！」

くちっ、くちっ、くちっ、くちっ。

（いい……いいッ！　これいい‼　すごいっ、気持ちいい！　ふああああああああッ！）

なぜ今までこれを知らなかったのとばかりに、ナリカはクリトリスの皮オナにふける。

「すっかり夢中だな、ナリカ。イキまくってるだろう？」

「あうっ！　イってる、イってましゅう、ううぅ！　何回でもイケるのっ、こりぇええええ！　うっ、アッ！」

「ナリカのかわいい下のお口が、ぱくぱく開いてるぞ。かわいいお豆もビンビンだな」

「やあっ！　かわいい、なんてっ、言わないでぇ！　こんな、とこおっ！」

気付けば感極まり、イキながらぼろぼろ泣いていた。頭を振って、涙の雫をあちこちに飛ばす。

それが、ドSモードのトキサダにはたまらなかったらしい。

「ほんとにかわいいぞ。ほら……俺のここが、こんなだ」

「あっ、すご……！　長官さんのっ……」

涙に濡れるナリカの前に、いきなり突き出されたのは、ズボンから飛び出たトキサダの分身だ。

なんて大きいのだろう。赤黒く怒張した肉棒が、天に向かってそびえ立つ。

「男の人の、匂い……すん、すんっ」

あまりに立派な一物に、ナリカは椅子の背もたれから身を起こした。愛液に濡れた手で、自分の手首ほどもある太さの根元に触れる。

(すっごく、熱い……火傷《やけど》しそうなくらい)

「う、ナリカ……」

びくんっ、とトキサダが先端を震わせた。

「苦しそう……長官さんの。今まで我慢させてたんだね、ゴメンね……チュッ」

血管の浮いた側面に、愛おしくて何度もキスする。そのたびに肉棒がびくびくと、切なげに反応した。

さっきまで泣いていたナリカだが、口元がついほころぶ。

「こんな年下の女の子のチュウに喜んじゃうなんて、長官さんの方こそ、かわいいね♪」

先端からはだらだらと、我慢汁が涎のように垂れていた。

挿れたい――ナリカの股間が、じゅんっ、と濡れる。

タカマルのものではないのに。

まだ、トキサダに心を許してはいないのに。いかに龍の者とはいえ、彼は戦部タカマルではないのだから。

(でも……あっ、そうだ)

「せっかくだからあれ、使ってみなきゃ」

「ナリカ……？」

「あのね、長官さん。ユーノさんからこういうのもらってきたんだけど」

傍に転がしておいたバッグから、ナリカはついに「あるもの」を取り出す。

長方形のパッケージから出てきたのは、ぷるんとした筒状の物体だ。

ピンク色のやわらかなシリコン素材でできた、それを見て――トキサダがはっとした。

「オナホ⁉」

「うん、オナホール……っていうのよね、これ。ええと」

パッケージには、滑りをよくするローションの小さなボトルも入っていた。

けれどナリカはそれよりも、ぐじゅぐじゅに熟れた自分の割れ目を掻き回し、指でたっぷり愛液をすくう。

ぬぷっ、にゅぷっ。

水っぽい愛液をオナホールに注ぎ入れれば、生々しく女性器を模倣した穴に、指がぬるぬると出入りできた。

「これでシコシコしたげますね、長官さぁんっ」

「うっ！」

「わ、すごっ……貫通した！」

にゅぐぐぐぐぐ。

オナホールを差し込めば、トキサダの先っぽが少しだけ顔を出した。彼のサイズに合わせたらしい、けっこう大きなシリコン製の筒だったのに。

(これ、まるで、ハルカさんのときみたいなっ……)

昨夜のカメラ映像で見た、テクニカルパイズリフェラを思い出す。

(……こんな、ふうに)

ナリカは自然とハルカを真似て、わずかにはみ出た先端をしゃぶっていた。

「んっ……れろっ、じゅぷ……ジュッ」

「お、ぉう」

オナホールも動かすと、トキサダが切ない声を漏らした。

それが楽しくて、ナリカは手コキしながらも、小さな口で必死に吸い付く。

「じゅっ……ぷちゅっ、ジュプッ……ジュプッ、ジュポッ！　ジュッパッ！」

(エッチだあ、エッチだよお〜〜〜〜！)

ハルカのように頬張れるほど、亀頭が出ているわけじゃない。それでも舌に絡みつく自分の味と、トキサダから漏れた牡の味が混ざって、心奪われた。

電車内の誰も、やはりナリカたちの行為には気付いていない。

こんなにみっともなく、いやらしい音を立ててるのに！

(もっと、もっと……私っ)

「……欲しい。欲しいの、長官さぁあん……」

ぷはっと唇を離して、ナリカはオナホールをかぶせたままの男根を、股間に導く。長椅子の背もたれに身を預けた。

「ナリカ、そうか」

トキサダも意図を察したようだ。

お互い、まだ最後の一線は越えられない。

それはたぶん、またいつか。

それでも今はトキサダに満足して欲しい。だからこその、オナホールを使った疑似セックスというわけだ。

(昨夜の、ハルカさんとシてた……素股みたいにっ)

「行くぞっ」

「うん、来て！」

ナリカはしっかり両手でオナホールを支えた。トキサダは小柄なナリカに覆い被さり
――ゆっくりと動き出す。

ぬぽっ、ぬぱっ、くちゅっ、ぬぷっ。

（あ⁉　あれっ？　やっ、これっ、えっ……ええっ！）

「ああっ、ナリカ、いいよ。すごくいい、まるで本当に挿れてるみたいだ……うう！」

「はうぅう、ううんッ！　長官さんっ、長官さぁん、んン――――――っ！」

挿入《はい》ってる。

弾力のあるオナホールがたわんで、完全にトキサダの先端が飛び出し、そのぶんナリカの膣口に侵入していた。

くぽくぽと貫かれ、ナリカの一番好きな入り口部分がほじられる。

（これ、もう、セックス！　先っちょだけ、だけどっ、セックスだから！　セックス……長官さんと、シてるっ！　シちゃってる‼　電車の中で、本番っ、シてりゅううううううう～～～～～～～♥）

「あっは、あアン、ふあンっ♥　はあン♥　あんっ、アアン♥」

いつしかしっかり自分から、ナリカは足を絡めていた。トキサダを放さない。

彼の動きが加速していく。

「うっ、くッ‼　ううッ！」

「～～～～～～～～～～～～～～～～～～～～～～～～～～～♥」

射精《で》た。どくどくとナリカの膣内《なか》に、温かいものが吐き出される。

「ん？　あれっ、これ……ナリカくん⁉」

たっぷりと注ぎ込んだ後で、トキサダが事態に気付く。

そんなつもりはなかったのだろう、慌てて腰をはがそうとした。

が、ナリカはまだがっちりと両足をほどかない。

「ナリカ、でいーよ。長官さん……うふ」

「……ナリカ」

――二人で余韻を楽しんでいると、もうすぐ門市に着くとの放送が入った。

符の効果はまだ持続しているようだが、頃合いか。そそくさと後片付けして、ナリカもトキサダも乱れた衣服を整える。

駅のホームに到着し、電車が止まった。ドアが開く。

(結局、敵の忍びは引っかからなかったかあ……)

そんなことを思いながら、外に出たとき――

「なんかさ、ちょっと前からイカの臭いしてない？」

「わかるー」

「誰かイカ焼きでも持ち込んだのかなあ」

隠形符の効果が切れたか。一緒に降りるところだった、あの女子学生三人が後ろでぼやく。

ナリカはこっそり笑みを漏らした。

彼女たちは、あれが精子の臭いだと知らない。
確実にみんな処女だ。
(このコたち……あんな気持ちいいこと、まだシてないんだ。ふふーん)
隣にいるトキサダと握る手は、いつかと同じ恋人つなぎ。
もちろん彼は、あのタカマルとは別の存在だ。
わかってる。
頭ではわかってはいるのだが、体は別だ。
結局ナリカは駅を出て、交代の人員が来るまで、彼と手を繋ぎ続けた。

◆3　危険な潜入捜査

「おかげさまでナリカとは、距離が詰められたよ。ユーノ」

「あら。よかったじゃない」

その日の深夜——すべての業務を終えたトキサダは、いつものように自室に戻った。

ダイビート長官といえども、他のメンバーと変わらない、基地内居住区のワンルームだ。

セミダブルのベッドとデスク、それとユニットバスがついているのみ。

閃忍や超昂戦士とのまぐわいにときどき使うくらいで、基本は寝起きするだけの場所となる。この程度の設備で事足りた。

そこで夜は大抵、副官のユーノが先に、寝酒のグラスを用意して待っていた。

部屋はもちろん別なのだが、実のところ本当に彼女が、自分の個室で休んでいるのかはトキサダも知らない。——ユーノは普通の人ではないから。それを、彼女とともに未来から来たトキサダはよく知っていた。

すべての結末を変えるために、トキサダに力をくれた、特別な存在なのだ。

そんな二人の時間として、いつしかこうしてトキサダの部屋で、一日の最終報告をするようになった。

「でも敵の忍者は見つからなかった。一番の目的は、今日のところは失敗だな」

ジャケットをデスクの端に投げ捨てて、乱暴に靴を脱ぎ、トキサダはベッドに上がった。

素足になって一息つくと、ユーノからグラスを受け取り、だらしなくあぐらを掻く。

他の女の子の前では絶対に見せない姿だ。

「……やはりヤツらがもう動き出しているのか？　殲・上弦衆を名乗った連中とは、一度接触したきりだが」

トキサダは未来の龍の者として、この時代の閃忍たちの協力を得るために出向いた、想破の屋敷での出来事を思い出す。

想破上弦衆の首領を手にかけた、裏切り者ハガネ――

その目的は、たった一世代にしか継承されない龍の者によるしがらみから、忍びを解き放つこと。

そのためだけにこの時代の、一人しかいない龍の者を殺したのだ。

閃忍に力を与える龍の者こそが、忍びの自由を奪っている、との主張だが。

そのハガネ自身は、忌み嫌う閃忍ではない。しかし居合わせたトキサダとユーノが見たのは、ハガネの得た凄まじい力だった。

だからこそ逃がしてしまった。淫力に匹敵するほどの、あの異様な力の根源を、まだダイビートは突き止められないでいる。

（しかし、振り返ってもあれは……もしや、ヤツらの……？）

「くそっ。Xデーまでは、まだあるはずなのにな」

「未来では、殲なんて集団はいなかったし、そもそも忍者が敵に回ったという記録もなかったのよね」

輝くルームランプの傍らで、壁にもたれてユーノがグラスに口を付ける。

琥珀色の酒で唇が濡れて、この美人ときたら、それだけで極上の色香を醸していた。

「ともあれ……私たちがこちらに来た時点で、この先の流れは読めなくなったわ。予測のつかない未来になるはず。でもそれはいいことよ」

「わかってる。俺たちは最低最悪の、あの結末を変えに来たんだから」

二人は腕を伸ばして、こつんとグラスをぶつけ合った。

「引き続き警戒を続けていきましょう。明日も選出メンバーに巡回警備をさせるわ。まだまだ人員が十分とはいえないけれど……」

「チャージの方も、きちんとやっていくよ」

龍輪功と、超昂戦士相手に行う『Dチャージ』――呼び方は違えど結局、戦力を維持するためにも、トキサダは毎日何人かと肌を合わせる必要があった。

だが、相手の心も大切にしなければ。

それもまたダイビートという組織を束ねる、トキサダに課せられた義務だ。

「少し疲れた？」

ユーノが見透かす。

隠し事はできないな、とトキサダは失笑する。

「ああ。体は大丈夫だけど、たぶん精神的に……かな」

「そうね、トキサダはとてもがんばっているもの」

「じゃあ癒やしてくれよ」

空いている方の手をユーノに伸ばす。

彼女は銀色の髪を掻き上げると、ふっと微笑み、誘いに応じた。グラスを片手に、ぎしりとベッドに膝をつく。

――ねっとりと口づけを交わし合った。

ちゅば、くちゅ、くぷっ、れろっ。

舌を絡め、口内をねぶり合う、本気のキスだ。唾液に混じって濃いブランデーの味がした。

たっぷりと互いの粘膜を堪能してから、ようやくぷはっ、と二人は離れる。

涎の糸が煌めいて、消えた。

「ユーノ……」

「酔ってるのね、トキサダ」

「まだ呑んでない」

「そう？　お酒の匂いがするわ」

「……それは」

ユーノのせい、とは答えさせてくれない。彼女はまた、酒の香りがするやわらかな唇を重ねてきた。

ちゅぷっ、ちゅぷ、れるっ、ちゅっ。

（ああ、くそっ）

トキサダの弱いところは全部もう知られている。しっかりと、気持ちのいいポイントを責められた。キスだけでズボンの中身がいきり立つ。

ユーノとはとうに体の関係がある。

彼女がすべてをトキサダにくれた。

この特別な立場も、希望も――女の味も。

トキサダの初めての相手だ。ユーノの後ろの締まりだって、さんざん楽しませてもらった。

でもキスをしながらトキサダが、彼女の胸をまさぐろうとしたとき。

「んっ……これ以上はダメよ。わかってるでしょ」

ユーノは笑ってするりと逃げた。グラスの中身を飲み干して、乱したシーツを整えながらベッドより降りる。

もう二人の時間はおしまいだ。トキサダもグラスを一気にあおった。

（……これだけ強い酒を呑んでも、表情一つ変わらないんだよな）

ユーノの正体は、世界に実在するという唯一神「アマツ」に仕える――『神騎《しんき》』の一人。

本来ならば背中に翼を持つ、天使のような存在だ。だがトキサダの世界で彼女は、最後に生き残った神騎だった。

そして今その力は、翼がないことから見て取れるように、完全に失われている。トキサダのために、時を超えるという無理を通したせいで――？

そのあたりのことは、実はトキサダも詳しくは知らない。

知っているのは今のユーノが、ただの非戦闘員だということ。もう彼女に戦う力は残っていない。

そんなユーノと寝ることは、トキサダの体力を減らすだけだ。

――それを彼女はよしとしない。トキサダのすべては、世界を取り戻すためにあるのだから。

「わかってるさ、ユーノ」

「そ。後はちゃんと、寝る前にシャワーを浴びるのよ、いい？」

空のグラスを受け取って、ユーノは口を尖らせた。

彼女はともに未来から来て、トキサダを今日まで育ててくれた。恋人のようであり、姉のようであり、母でもある人。

はいはい、とトキサダは苦笑で返す。

「そうやっていつも忘れるんだから。もう」

最後に部屋の明かりを薄暗くして、銀髪の美女は出て行った。

「……いつまでも子供扱いか。やれやれ」

シャワーなんて、朝に浴びれば十分だ。どうせ女の子とするたびに体はちゃんと洗っている。それも彼女たちへの気遣いだ。

トキサダは着替えもせずそのままの格好で、ベッドに倒れた。

（でも、俺は……）

いつからユーノと一緒にいるのか。

実はそのときの記憶が真っ白だ。

彼女が神騎であった頃の姿も知らない。思い出せない。

世界が滅んだあの未来だけは、嫌でも明確に憶えているが。その直後――ユーノとの出会いだけが、まるでぽっかりと抜け落ちていた。

（いや……それがどうした）

結局いつもそんな結論に達する。トキサダは鼻で笑って終わらせた。

ユーノほど信じられる相手はいない。

彼女はすべてをトキサダに捧げてくれる。それだけは絶対だ。

（だから、俺も……）

彼女の信頼を無駄にはできない。トキサダは奪われた世界を、今度こそ守るためここにいる。

ダイビートという組織を作り、ビート・ポータルやＡＤＤＤを完成させた。召喚により閃忍や超昂戦士を集結させ、準備してきた。

自分のすべてはそのためにある。

トキサダは決意を抱いたまま、静かに目を閉じた。

――また今夜もシャワーを浴びずに。


気になる情報が入ったのは、三日後のことだった。

「ハーイ、トキサダ！　例の件と関係してるかはわからないが、門市でちょっと気になるところがあるよ」

「なんだって？」

報告をしてきたのは、巡回警備をしているメンバーではない。

ダイビート基地内の指令室。

ここは市内の監視カメラの映像を確認できるよう、アミューズメント施設のシアタールームを改装した、大型スクリーンのある広い部屋だ。

その一画を占拠した、複数モニターに囲まれた専用のスペースがある。

そこから腰を上げて、トキサダの座る席へとやってきたのは、若いわりに小太りな体型をした青年だ。

君枝広大《きみえだこうだい》――未来から来たトキサダとユーノを受け入れてくれた、現代の協力者の一人である。

日本人だが海外にも人脈を持ち、そのせいなのか陽気な性格からなのか、日本語に英語が交ざるクセがあった。

「これなんだよ。見てくれプリーズ！」

君枝が持ってきたのは、彼愛用の10インチタブレットだ。

薄型ながらも高性能のそれは、彼が趣味でやっている、株売買で使っているもの。――その個人資産は莫大だ。

この基地やダイビートの運営費すべてを、現在は君枝からの資金提供で賄っていた。

ダイビートマネージャー。それが彼の肩書きであり、世界を救うため対外の折衝などにも関わり、指令室にいる方が珍しい。

その縁で、君枝独自の情報網を持つのだが。

「これは……株価のチャートかな」

タブレットに映されていたのは、とある線グラフの推移だった。

「イエス！　この企業の株価が、ここ何日かで上昇してるんだが、上がる理由がナッシングなんだね～」

「？　どういうことだ？」

「……株価の変動するきっかけがない、のが逆に怪しい、ということかしら」

すぐ近くの、副官席にいたユーノもやってくる。

「オフコース！　だいたいこういうときは雰囲気買いか、インサイダーやってるものさ！」

指を鳴らして君枝が昂奮する。

（インサイダー？　……裏取引のことか）

現代の知識に疎いトキサダが理解できたのは、それくらいだ。

ただ、タブレットに表示された企業情報からわかることもある。

「しかしこの企業、門市とは所在地が違うようだが……関係あるのか？」

「イエス、イエス！　だけど、その一部門がこの門市にあるのさ」

「なんだって？」

「インサイダーの裏取りをしていく中で、どうもその部門での動きが関係してるところまで突き止めたんだ。ただ詳細はノーデータだ」

タブレットの画面を切り替えて、君枝が新たな情報を表示する。

そこに呼び出されたのは製薬関係の「イスカリオテ」という名の子会社だ。

「門市にオフィスビルを持ってるのか」

「トキサダ、この住所……！　ハルカさんが戦闘を行った場所と、そう離れていないわ」

ユーノが目ざとく指摘する。

――当たりかどうかはまだ確証が得られない。しかし、トキサダはユーノとともに頷いた。

「なるほど。これは……調べてみる価値がありそうだな」

♥

ダイビートはXデーが来ていない今、公にはまだ名乗りを上げていない。

規模こそそれなりに大きくなったが、現状は君枝広大の私的ベンチャーといったところだ。

故に、警察組織とは関わりが薄い。

これから予想される市街地での戦闘も考慮して、トキサダが上層部との繋がりを進めているが――現状では、警察を手配しての強制捜査といった手法はとれなかった。

だから、少数精鋭での潜入調査が立案された。

――「イスカリオテ」のプレートを掲げるビル一階。ガラス張りのロビーへと正面から堂々と入ったのは、ＯＬの格好に扮したハルカとナリカだ。

相手に忍びの者がいるならば、潜入するなら閃忍が適している。

「突然の訪問、失礼します」

ハルカが代表して、ブースにいる受付嬢に挨拶した。声音をきちんと、それっぽくするのも忍びの技だ。

「私どもはこういう者なのですが」

事前に用意していたとおり、鞄から出したのは偽装した名刺である。同じくナリカも自分の名刺を差し出した。

小柄なナリカに、受付嬢がちらりと視線を投げた。

とととん。ナリカがこっそりハルカの背中を、軽く指で叩いてきた。暗号を使った「忍び言葉」だ。

やっぱり無理があったんじゃや、と伝えてくる。

どう化粧しても背伸びした十代にしか見えないナリカは、変装に自信がないようだ。

（確かに……）

ハルカも心で苦笑する。

ただ、他に適任者がいなかったのも事実だ。

ダイビートに所属する閃忍は今のところ、ハルカとナリカ以外には、わずか二名――現代で閃忍をしている「花のチルカ」と「土のオウカ」のみ。

その一人であるチルカはなんと、この世界でのナリカと「同一の存在」だという。

髪型こそ違うものの、顔立ちは確かにナリカによく似ていて、胸のサイズこそ大きめだが、変装しても大差がない――

またオウカの方ときたら、チルカ以上に幼い体型だ。さすがにごまかしきれないだろう。

それよりは閃忍として互いを知るハルカ、ナリカの二人がよい、とのトキサダによる決定だった。

「ＮＰＡＤ、ダイビート……？」

並んだ名刺に書かれた所属名を、受付嬢が口にする。

――ダイビートの名をそのまま使う、というのはユーノの案だ。

相手がもし、こちらのことを少しでも知っていれば、確実に反応があるはず。

（もっとも末端の女性社員に効果があるとは、さすがに思っていませんが……）

「警備についてのプランニングを提案させてもらっております。今の警備会社と比較されて、当社に切り替えていただければ……と。よろしければ、担当の方をご紹介いただけますか？」

「はあ。少々お待ちください」

受付嬢が内線電話を手に取った。

そのとき、すでにナリカも仕事をしている。とんとん、とまた密かにハルカの背が叩かれた。

異変なし――暗号で伝えてきたのは、ロビー入り口付近に立つ、制服姿の警備員の動向だ。

先ほどの会話を、あえてハルカは聞こえるように告げたのだが、わずかに聞き耳を立てたくらいか。

それは不自然な反応ではないから、判断材料にはならない。

（……この段階ではまだ、当たりかどうかわからないですね）

受付嬢の電話が終わるまでに、ハルカはナリカと視線を交わした。瞬きだけで作戦続行の意思を共有する。

「担当者が時間を作るそうです。エレベーターで八階に上がってください。そこからフロアの者がご案内します」

電話が終わって、すんなりと受付嬢に促される。

言われたとおりハルカとナリカは、ビルのエレベーターに乗り込んだ。「8」のボタンを押して扉が閉まれば、上階へと動き出す。

エレベーター内には当然、カメラがあった。その映像は遠隔で、管理会社に繋がっているか、あるいはビル内でモニターされているかのどちらかだ。

ここで不審な動きを見せるわけにはいかない。

とうに二人で手順は立てていた。

(鞄の中には、君枝さんがでっち上げた資料があるから、私がそれで普通に商談を進めて……)

きりのよいところでナリカが手洗いに立つ——と見せかけ、別行動を取る。

手がかりが得られなくとも、ここに敵の忍びが潜伏しているなら、それだけで反応があるはず。

ナリカが襲われて閃忍に変化《へんげ》すれば、同じ建物内にいるハルカにはわかる。淫力の波動で、近くに居る同じ閃忍どうしには伝わるのだ。

(動くならそれからですね。何もないならそれはそれで……んっ?)

鼻孔をかすかによぎったのは、どこか不自然な花の香りだ。

芳香剤にしては甘美なもの。

「っ！」

そう感じた瞬間、ハルカはくらりとめまいを覚えた。手から、書類の入った鞄を落とす。

（これっ、まずい⁉）

「ナリカさ、ん！」

たぶんガス――毒かもしれない。

どうやらハルカの方が、ナリカより先に気付いたのは、ガスが空気より軽いせいか。背の高いハルカは迂闊《うかつ》にも吸い込みすぎたようだ。

（……相手を、甘く見すぎていた？　まさか、こんなっ）

よもやエレベーター内で仕掛けてくるとは！

ナリカが慌ててハンカチで口元を覆う。その前でハルカは床に膝をついた。

もう、意識が混濁を始めている。

「……ハルカ、さんっ！」

倒れたハルカに、何やらやわらかなものが触れた。

ナリカの唇が重ねられていた。

（なにをっ……ナリ、カ、さ……？）

肺に送り込まれるのは彼女の呼気だ。ガスの効果を緩和しようと、せめて空気を送ったらしい。

だがそれは、忍びとしては間違った判断だ。

(私に構わず、あなただけ、でも……!)

ハルカを見捨てるのが最善手――

しかしナリカがそうできないのは、彼女の性格か。

忍びであるにもかかわらず、ナリカという少女はやさしすぎた。

「装しッ……きゃあああああ!」

その判断の遅れが命取りになる。

閃忍の力を解放しようとしたナリカだが、その寸前――到着したエレベーターの扉から、いきなり無数の触手が伸びた。変化《へんげ》する前の彼女を捕らえる。

だがハルカの体は動かない。

助けられない!

(今、の、は……!)

ハルカも忍び失格だ。

敵がどんな術を使ったのかすらわからないまま、眠るように気を失った。


――熱い、熱い、熱い熱い熱い。

「はっ、はっ、はっ、はッ！」

いつから自分は目を覚ましていたのだろう。気絶してからどれくらい経ったのか、それすらハルカにはわからない。

ただ――気が付けば血流がどくどくと体中を駆け巡り、全身を痙攣させていた。

（う、う……フロアマットの、床っ……？）

ごわごわした感触とともに、最初に視界に飛び込んできたのは、そんな光景だ。

そこにハルカがぶちまけていたのは、だらしなく垂れた涎か、涙か？

血の臭いはしなかったが、たぶんそれ以外のものも混ざっている。汗も、尿も、ハルカの恥ずかしい液もだ。

どうやら全裸にされて、無様《ぶざま》に転がされているようだ。わずかに吹き付ける空調の風が、火照った肌には冷たかった。

（脱が、されて、私っ……！）

見られてる。

必死に上げた視線の端に、どうにか捉えた。

全裸のハルカを取り囲んで、男たちが立っていた。

どれも覆面をした風貌の者たち。

（……忍、び……!?）

彼らはにやにやとした目で、無様なハルカを視姦する。

だが阻む力はハルカになかった。まったく手足が動かない。

起き上がるどころか、考えもまとまらない。

結局、ここがどこなのかもよくわからないままだ。

（毒、の、せいで……！）

「サッサッサッ！　原液のまま噴霧したのでありますから、見事に過剰摂取《オーバードーズ》でありますな！」

奇妙な笑い声を響かせた何者かが、少し離れてハルカを見ていた。

「しかしこれで即死しないとは……くノ一というのはなかなかに強靭《きょうじん》ですな！　最適な検体となるであります！」

そいつは明らかに異様だった。

人ではない。それよりも二回りは巨大か。

窓一つない、広いだけの殺風景な部屋の中――天井に埋まる蛍光灯の明かりすれすれまで、頭頂部が達していた。

（な……え、っ？）

緑色に透けた胴体に、白いパーツがくっついた機械的なもの。

顔らしき箇所にあるのは、三つのレンズが着いているだけ。

感情の昂りを示すように、それらが時折くるりと回った。

だが生物なのだろう。その動きはなめらかで、ロボットとはまた違うようだ。

体には半透明なチューブが何本もくっついていて、それがぐねぐねと有機的に蠢いていた。

「ハル、カ、さ……っ!! くううっ!」

そこに囚われている存在に、ハルカは気が付いた。

触手のごときチューブに搦め捕られ、苦悶の表情でもがいていたのは、ＯＬ姿のままのナリカだ。

(ナリカ、さん……!)

無事とはけっして言えないが、生きている彼女を見て、ハルカはわずかに安堵する。

しかしまだ思考は、熱く滾る感覚にやられたままだ。相手がいったい何者なのか――まで考えが回らない。

覆面の忍びどもを使役しているから、それなりの立場にいるのだろうが。

「せっかく培養した手下どもを、三体も失ったのは痛手でありましたが……優秀なくノ一を二体も確保できたなら、科学的には釣り合いが取れるでありますな! サッサッサッ!」

「ボス……そろそろ楽しんでもよろしいか?」

覆面の一人が伺う。

「むう？　ああ、性欲でありますか。まったく、忍びどもも結局は人間ということですな。私のように人を捨て……『フラスト化』すれば性欲なんてものとおさらばして、合理的に考えられるようですが」

「お願い申し上げます、ボス！」

「ボス！」

「わかったわかった。どうせなら、耐久実験とするでありますよ！」

忍者どもの訴えに、白いバケモノが許可を出す。

――直後、男たちがハルカに群がった。覆面以外を脱ぎ捨てて、猛り狂った肉棒を露わにする。

我先にとハルカの乳房を、尻を掴み、いいように揉んだ。

「んッ、ぐ!?」

「オラっ！　咥えろ！　歯ぁ立てるんじゃないぞ！」

「クク……心配しなくても、体の自由が利かぬのだ。生きたオナホだな、これは」

「おいおい、どんどん指を吸い込んでいくぞ、こいつのアソコ！　何本入るのだ？　どれだけ使い込んでるのやら！」

上から下から、ハルカの体が弄《もてあそ》ばれる。

「オラ！　オラオラオラオラ！」

ぐぽっぐぽっ、ぐぷっぐちゅっ、ずぼぼっ！

息もできないほどの勢いで無理矢理、口に男根を挿入される。喉の奥まで貫かれたが、吐き出す力もハルカにはない。

強制フェラ――いわゆるイラマチオだ。ばんばんと男の腰が叩きつけられ、苦しさと痛みでハルカは朦朧《もうろう》となる。

しかし、同時に快楽を覚えていた。

（な……い、や。いやあ、ああっ♥）

おそらくガスの効果なのか。

体はまだ痺《しび》れているのに、喉の内側をこすられるたび、どうしても熱く快感に悶える。

「ほほう、こっちの奥までとろとろになってきたじゃないか！　ククク！」

「くノ一は徹底的に仕込まれるからなあ。そらっ」

ずぷぅ、ずぷぷぷぷぷぷっ。

前と後ろ、二つの穴が侵入を許した。

体が弛緩していたせいか、どちらも一気に、男の手首まで呑み込んでいた。

ぶわっ、と全身の毛穴が開き――

じょろっ、じょろろろろ～～～っ。

「クク！　こいつ、また漏らしやがった！　そんなによかったのか？」

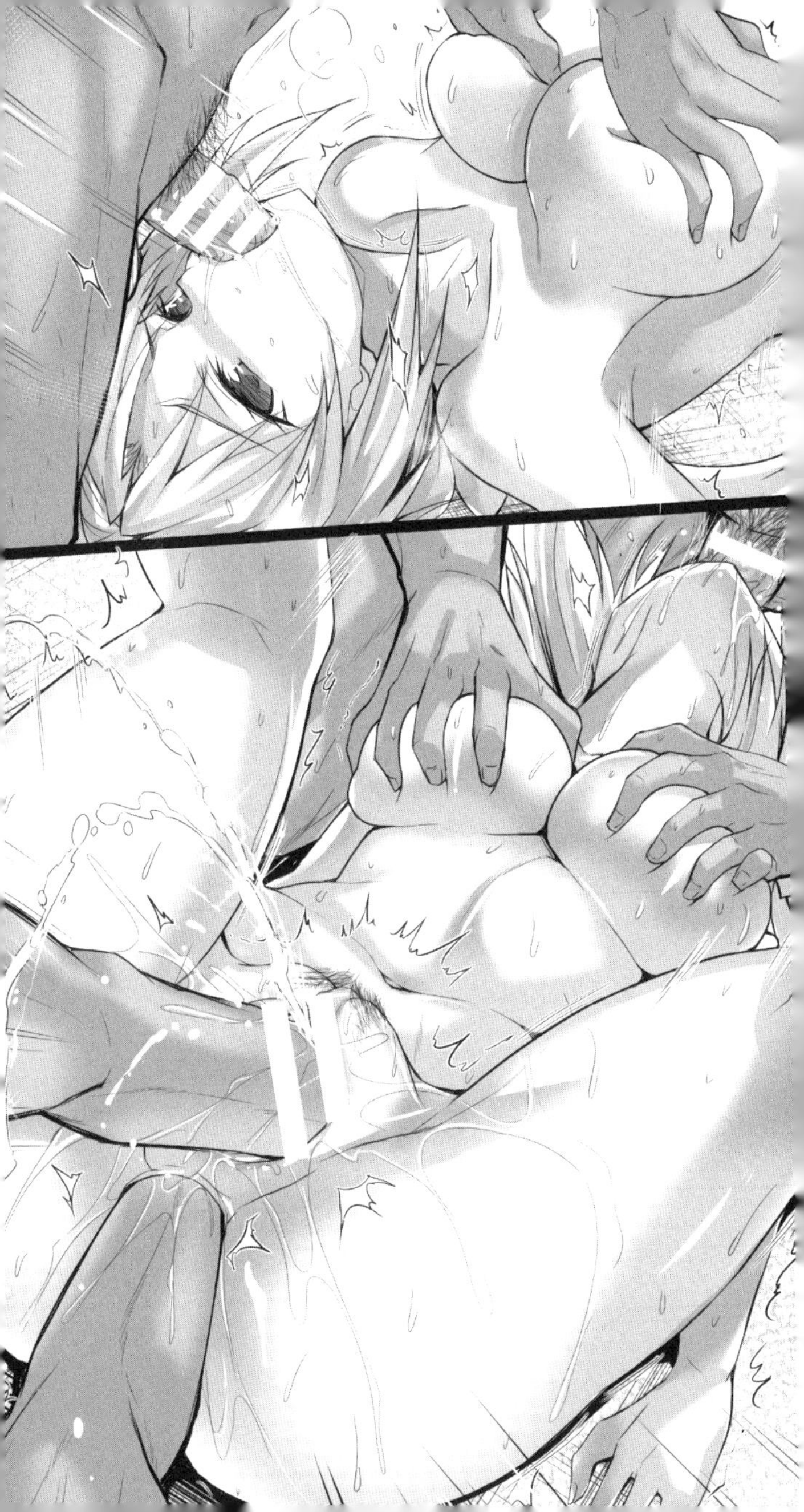

ぐちゃぐちゃぐちゃぐちゃ！

膣とお尻の中が掻き回される。

中でグー、パーとめちゃくちゃにされた。

（……壊、れ、るぅぅう……！　あぁ、あ、あ～～～～～～♥）

ぷしゃあああああああっ!!

「今度は潮吹きとは！　これだけされてイクとか、さすがに呆れるぞ……！」

「サッサッサッ！　もっとです、もっと試しなさい！」

白いバケモノの哄笑《こうしょう》も、もうハルカは聞いていなかった。

「鍛え抜かれたくノ一の体が、どれだけの責め苦まで死なずにいられるか……観察させてもらうであります！」

「……ま、待って、えええ!!」

そこに張り上げられた、精一杯の声が誰のものか、ハルカにはどうにかわかった。

ナリカだ。

半透明のチューブに拘束されたままの彼女は、必死に訴える。

「それ以上、ハルカさんにひどいことしないで！　私が……私が、代わりに、なるから！　抵抗しないからああ！」

（ば、か……ナリカ、さ、ん……）

喉の奥に男がたっぷり精を放つ。ごぼごぼと白濁汁を飲まされながら、ハルカは悔しさに涙をこぼした。

――ナリカはやはり、やさしすぎた。

◆4　囚われの閃忍

代わりになんでもする。

そんなナリカの懇願で、ハルカへの陵辱は止まった。

ビルの地下に位置する――窓一つない、広いだけの部屋の中。

普段は忍者どもの溜まり場として使っているのだろうここで、ようやくハルカから連中が離れた。

「ハルカさん……！」

「ご、ほッ！　げほっ」

彼女は床に倒れたままで、ナリカの呼びかけにも応えられない。飲まされた精液を吐き出して、はっはっと浅い呼吸を繰り返すのみ。

痛々しく鷲掴みにされた跡が残る、白い乳房が上下に揺れていた。

――新たに覆面の男どもに囲まれるのは、ようやく拘束から解放されたナリカだった。

「ボス……今度はこっちを楽しんでいいのですね？」

丸出しの性器を隠そうともせず、忍びの一人がククク、と笑う。

先ほど、ハルカの口を犯していた相手だ。

出したばかりの精液を垂らす男根が、今度はナリカに狙いを定め、再び鎌首をもたげてくる。

「ふぅむ。それだけでは面白くないでありますね」

性欲とは無縁らしい白いバケモノが、顔のレンズをくるくる回した。

三つから成るそれは、さながら顕微鏡の対物レンズだ。

(明らかに、妖怪でも、鬼でもない……こいつって⁉)

改めて目の前にしても、ナリカにその正体はわからない。あり得ない生物だ。

こんなものを忍びの術で作り出したのだろうか？

それにしても――強い。

拘束されたとき、閃忍になれる隙がまるでなかった。

解放された今がチャンスだが。

(ハルカさんは……まだ動けない、よね)

一人で逃げることはできるかもしれない。

しかしハルカのことが心配だった。

彼女を犠牲にはできない。ともに戦部タカマルを愛した女として。

（私がハルカさんを見捨てたら、そんなの、後でタカマルになんて言えば？　……無理っ）

だからおとなしく機会を窺《うかが》うしかない。

「そうでありますな！　まずは服従の証として、全裸での土下座を見せてもらうでありますよ！」

とんでもないことを、いきなり言い出されたが。

「肉体の耐久性の検証も引き続きやっていきますが、検体としての、精神の強度も測りたいところ！」

白いバケモノの表情は読めないが、どうやら本気のようだ。

「さあ、すべてを見せるでありますよ。自分で脱いで！」

「くっ……わ、わかった、わよ」

「ククク、面白い」

「わかった、じゃないだろう？　わかりましただろ！」

男どもがにたにたと嘲笑う。

「……わかりました。ぬ、脱ぐわ。脱がせて、いただきます……」

屈辱だった。着ていたスーツのジャケットを脱ぎ、スカートを落とし、シャツのボタンも外していく。

ヒュウ、と口笛が吹かれた。

だが羞恥に頬を染めながらも、ナリカは冷静だ。それよりも――

「あの。この服……彼女にかけてもいいですか？」

頭を下げてお願いする。

「そんなもの、好きにするでありますよ」

特に気にもせずに、白いバケモノが許可した。

ショーツにスポーツブラという下着姿で、男たちの輪を抜けて、ナリカは倒れたハルカに近寄った。

「ハルカさん……！」

彼女はひどい有様だ。犯されたのもあるが、毒による麻痺が続いているのか、体液がまだダダ漏れになっている。

裸のままのその上から、ナリカは脱いだジャケットをそっとかけた。

しかし同時に、さりげなく屈み込んで確認するのは、ハルカの具合だ。

（うん、大丈夫。淫力がちゃんと残ってる、よね？）

穢されたハルカがまだ、力尽きていないことは感じ取れた。

とと、ととっ。触れた肌に素早く、暗号で伝えておく。

どうやらこの忍びたちは、ナリカやハルカがくノ一ではあるものの、閃忍であるとは気付いていないらしい。

ハルカと交戦した三人は伝える前に絶命したし、幸か不幸か、ナリカも変化《へんげ》前に囚われたからだ。

（そして私たちが召喚された想破の者とは、知らないから……！）

忍びであれど、彼らの知識にハルカとナリカは存在しない。これが自分たちのアドバンテージだ。

ナリカの淫力も温存できている。

それが忍務だ。

（こいつらがいったい何者か、確かな情報を得るまでは……耐えるよ！）

ナリカは諦めていなかった。自分もまた、選ばれし閃忍なのだから。

それにハルカもだ。彼女はまだしゃべれる状態になく、目も虚《うつ》ろだが――ナリカの暗号を受けてわずかに瞼を反応させた。

了解の合図だ。

きちんと意志は伝わった。ナリカは下着姿のままハルカから離れる。

（とにかく、私は……！）

時間を稼ぐ。ハルカから毒の効果が抜けて、動けるようになるまでは。

ナリカは男どもの輪の中に戻って、ついにブラもショーツも剥《は》ぎ取ると、生まれたままの姿になった。

「これで、いいですか……」

「サーッサッサッサッ！　命乞いがまだでありますね」

「……はい」

辛酸は覚悟の上だ。白いバケモノに促されるまま、ナリカは手をついて、床に額をこすりつけた。

「どうぞ助けてください。代わりに……私が、体で奉仕するわっ」

「ククク……忍びが、無様な」

「これだからくノ一は……」

男どもが楽しそうに笑い声を浴びせてくる。

「後は好きにするでありますよ」

白いバケモノの方は相変わらず、ナリカが犯されるのには興味がないようだ。

土下座するナリカの耳に、離れていく巨体の足音が聞こえた。ここから一人、さっさと出て行こうとしているらしい。

――そのとき何かが鮮やかに光った。

（えっ？）

伏せていた視界にも、フロアマットの床を照らす輝きが差し込む。ナリカは思わず顔を上げた。

異変が起きていた。

不思議な光に包まれていたのは、あの白いバケモノだ。

ゆっくりと輝きが収束していくにつれて、その巨体が小さくなる。異様だったシルエットも、ただの人の形となり――

気が付けばそこに立っていたのは、身なりのいいスーツを着た、でっぷりとした中年男だ。

「ボス⁉」

予想外だったのは忍者たちもか。中年男に呼びかける。

「……ふぅむ、効果が切れたか。フラスト化により人格もかなり変わっていたようだし、しょせんは借り物の技術だな」

中年男の方は落ち着いていた。太った自分の体を確認し、溜息を漏らす。

忍者――ではない。ナリカは一目で判別する。

（な、なんなの……！）

ちょっとした仕草からも、まったく鍛錬されていない、年相応の一般人であるのがわかった。

同時に、頭に叩き込んでいた「イスカリオテ」の情報の、ある人物と一致する。

「イスカリオテの……社長？」

迂闊。つい口から漏れていてナリカははっとするが、もう遅い。

「ほう？　それくらいの調べはしていたか。まあ私の写真くらいは企業サイトにも載せているからな」

不愉快そうに社長が顔をしかめた。

「だが、それがどうした？　この力のことまでは、どうやら突き止めていないようだな。想破とやらの忍者らしいが」

（こいつ、そっか）

逆に情報を引き出せそうだ。バケモノと化していたときより、よほど相手がしやすいかも。

ナリカは裸なのをいいことに、あくまで無力を装った。

（自分を頭がいい、と思ってるタイプね。こっちを見下してるうちは何かと漏らしてくれそう……）

すでに「想破上弦衆」を知っていることはわかった。

忍者どもを使役しているなら当然だろう。

しかし一般人がなぜ、忍者の首領になっているのか。そもそも、あのバケモノとなれる力は？

まだまだ探ることは多いが。

――社長の目がさっきまでとは違い、舐め回すようにナリカを見ていた。

「なるほど……フラスト化が解ければ私の性欲も蘇るということか。いいや、むしろ滾るぞ！　抑圧されていたぶんなあっ！　ハーッハッハッハッ！」

社長がいきなり、身につけていた衣服を乱暴に脱いだ。覆面をした手下たちがいるにもかかわらず全裸になり、股間のモノを雄々しく見せつける。

それはあまりに太く、不気味にいびつな形をしていた。

「ひ⁉　な、なにそれっ！」

何かが埋め込まれている。それがぼこぼこと、陰茎の表面をより醜悪にしているようだ。

「真珠入りのモノを見るのは初めてか？　ウブなくノ一だ」

ビンビンにおっ立てて、社長が黄色い歯を見せる。

「一度でも知ってしまえば、病みつきになるぞ。ああ、教えてやるとも。たっぷりな！」

「！」

「『殲《せん》』どもはどいていろ！」

社長が忍びたちにそう呼びかける。

（セン？　……殲！　やっぱり、こいつらはっ）

トキサダから聞いていた、殲・上弦衆を名乗る忍びども。ようやくナリカは一つ情報を得る。

（じゃあこの社長が、頭領のハガネとかいう？　ううん、たぶん違う。聞いてた外見とはぜんぜん違うし、鍛えられた忍びの感じはまったくしないし……）

「そうだ……薬より、こういうときに使える術が、お前たちにはあるのだろう？　その準備をしておけ！」

「了解」

「ボス、お楽しみを。ククク」

忍びの何人かが部屋を出て行く。残った者たちは少し離れ、まだ倒れているハルカの傍に立った。

動けないハルカに手を出す気配がないのは、一応ナリカとの取引が成立しているからか。否——社長相手に、こちらが不審な行動に出たときは、ハルカを使うということだろう。さすが忍びに抜け目はない。

ナリカにできるのは、社長の言いなりになるだけだ。

「ほら、奉仕はどうした？」

部屋の壁際にあった革張りのソファ。巨体のバケモノになっていたときは、蹴りつけて押しやっていたものだ。

そこにどかっと尻を下ろすと、社長は自慢げに、自分のゴツゴツした竿を握りしめた。しごきながらナリカを誘う。

「ほうれ、ほれ♪　どう奉仕してくれるのだ？　ん？」

「は、い……」

裸のナリカは、社長の前に跪《ひざまず》く。

（……うわ、これっ）

ごくり、と喉が鳴った。あまりに異形な巨根だ。先端は完全に余った皮で覆われていて、まるで芋虫のよう。

それがびくびくと、ナリカの愛撫を待っている。

ツンと饐えた体臭が、性器を中心に漂ってくる。

（臭いも……うぅ、濃いッ）

――いきなりフェラチオは絶対に無理だ。

「じゃあ、あの、まずは……リップサービスをさせて、ください」

ちゅっ。ちゅっ、ちゅ、ちゅぱっ。

股間をあえて除外して、ナリカは太った社長の裸体にキスをしていく。

「おっふ、なかなかにうまいじゃないか。だが、こんな程度ではなあ？」

「～～～～～れろっ」

仕方なく舌を這わせる。ぶよぶよの腹に、毛の生えた胸に、乳首に。

（苦い！　エグい……しょっぱい！）

嫌いな味だ。嘔吐《えず》きそうになりながらも慣れるしかない。

ちゅぷっ、れるるるっ。

唾液で必死に薄めつつ、舌を酷使し、味覚をできるだけ麻痺させる。

「いいぞ、うまそうに舐めるじゃないか」

（うッ、くううう〜〜〜っ！）

ナリカに足の指をねぶらせながら、社長がソファから腰を上げる。

と思ったら、いきなり尻を向けてきた。

「え？」

「本気の奉仕なら、ここもきれいにできるだろう？　ほれ、ほれ！」

「あ……」

たるんだ尻肉を持ち上げて、ナリカの眼前に晒されるのは、剛毛に覆われた黒々とした蕾《つぼみ》だった。

ひひひっ、と邪悪な笑い声を社長が漏らす。

「服従の、誓いのべーぜといこうじゃないか。ん？」

まさか、とナリカは青ざめる。

「クク、さすがはボスだ」

「アナル舐めを要求とは……女の心の折り方を知っているな」

傍観する忍びどもが盛り上がる。

嫌だ。

ナリカの全身が拒絶した。嫌、嫌、嫌！

（ああ……ああああぁっ、タカマル！　長官、さん……っ）

忍びだから耐えられる。我慢できる。

ぐっ、とナリカは社長の尻に顔を埋めた。小さな舌を必死に伸ばして、濃厚な臭いの中心部に触れる。

「おっほほほう！」

たまらず社長が身震いし、穴がきゅうっと蠢いた。

（！　!!　!?）

ナリカの、人としての尊厳は――終わった。

ちゅぶぶっ、ぐぷっ、れるっ。

（臭い、臭いっ、臭い臭い臭いいいい～～～～～～～～!!）

それでもほじるように舐め回した。えげつない風味とともに、縮れたケツ毛が口の中に入り、本当に嘔吐するところだった。

「いいぞ、いい！　ほっほおおお！　うまいじゃないか!!」

社長が歓喜の声を上げた。

ナリカは無意識に、ぼろぼろ涙をこぼしていた。止まらない。

ようやく尻から解放されても、そのまま嗚咽《おえつ》し、動けなくなる。

「え……う、ウッ……！」

まだ舌の先に、苦いとしか表現できないものがこびりついている気がした。

そんなナリカの眼前に突き出されたのは、あのいびつに勃った一物だ。

覆っていた皮が剥かれ、赤黒い先端が露出する。

「ほう、濡れてるじゃないか。男の尻穴を舐めながら昂奮するとは、まったく……とんだ変態くノ一だな！」

「……い、やあぁ！　うそっ、うそうそ！」

「嘘なものか。ほうれ！」

「きゃあ⁉」

小柄な体が立たせられる。股に社長の太った指が差し込まれ、がしがしと乱暴にナリカの割れ目を擦り上げた。

雑な愛撫でしかないのに、陰核に触れられるたび、ナリカの呼吸が荒くなる。

皮肉にもトキサダに手ほどきされた、皮オナのせいだ。

「さあもういいな？　どーれ」

めりっ。

「あっ、ぎっ！」

立ったままの体勢でいきなり、軽々と片足を持ち上げられ、真珠入りの男性器がナリカの胎内に入ってきた。

狭い肉ひだを割るようにごりごりと、無理矢理に侵入を果たし――

ごりゅんっ！

「かふっ！」

いびつな巨根が、一番奥にまで達した。

ぼこん！　と膣壁《ちつへき》を中から突き上げられ、ナリカは自分を支える足裏が浮く。

軽い女体を抱きかかえ、上下に揺するのは社長だ。

ごちゅんっ、ぐぽぉっ、ごちゅっ、どちゅっ！

一突きごとに抉《えぐ》るような音がした。

でこぼこした巨根が容赦なく、ナリカを犯す。

「ほうれ！　ほうれ、ほうれ!!」

「ぐっ、ふ！」

完全にナリカは玩具だ。痛みを覚えるほど、どすどすと子宮口を叩かれていた。

しかし――

「い……イイっ！　あうあああっ♥　らめっ、そこ突いちゃ、らめえええええ～～～♥」

甘い声が漏れていた。

真珠入りの威力だった。

好きじゃないのに、最悪の相手なのに、奥までねじ込まれるたびにナリカの頭の芯が爆ぜた。

（こんにゃの、知らないいいいいいいいいいいいいい♥）

もう自分から社長の腰にしがみついていた。

女として、ひたすら快楽の虜になる。

（ダメ……しっかりして！　耐えなきゃっ、私ぃぃぃぃ！）

尻をくねらせながらも、忍びとして必死に心で抵抗する。

それでも体は完全に堕ちていた。押し寄せる絶頂に、ぎゅうぎゅうとナリカの蜜壺が社長の愚息を締め付ける。

（嫌なのにっ、こんなの……感じたくないのにいいいいっ♥）

「よしよし、そんなに欲しいのか？」

「きゃっ⁉」

社長がナリカを抱えたまま、その場でくるりと反転した。

繋がったままソファの上に押し倒し、ぐりぐりと親指で、ぷっくりと硬くなった陰核を潰してくる。

「いっ、あッ！　らめ！　そりぇっ、きつっ♥」

「ほれほれ！　さあ、たっぷり射精《だ》すぞッ!!」

「え？　やっ……」

ごちゅごちゅごちゅごちゅごちゅごちゅっ！

巨根が容赦なく、高速で責め立てた。

女のことなど考えない、牡の動きだ。

「おっふおおお、射精《で》る射精《で》る射精《で》る射精《で》る～～ッ！」

「いやぁぁあ♥　待って、膣内《なか》はっ♥　赤ちゃんっ、できりゅうからああ、あっ♥」

――閃忍は孕《はら》まない。

龍輪功の妨げにならぬよう、特殊な薬を服用している。

それでもナリカの本心が全力で拒んだ。

抵抗はむしろ、社長にとって甘露だったか。

「たまらんなああ、その顔がっ!!　おおおふっ！」

どく、どくんっ!!

「あ……あぁぁぁぁぁあはああああ～～～～～～～～♥」

ナリカの体内に容赦なく、子種汁が注がれる。

その間も真珠入りの熱棒は突き動き、子宮の奥まで男の精を押し込んだ。

（汚、れ、た……私の、赤ちゃんの、部屋まで……）

「ふい――――――……」

ようやく萎えて――覆い被さっていた社長が、ナリカから芋虫をずるりと引き出す。

「あぅんっ♥」

出て行くときの引っかかりさえ、ナリカに甘い呻きを漏らさせた。

それでもナリカは忍びの者だ。

（……な、なんとか……耐、えられ、た……っ）

ギリギリのところで踏み留まる。まだ正気は保っていた。

「ほうれ、きれいにしろ！」

「うぶっ！」

小さい口に突っ込まれた、汁まみれの汚い陰茎を、ナリカは無理矢理しゃぶらされる。

はむ、ちゅぶっ、じゅるる。

「そうだ。皮の隙間もちゃんとチュウチュウ吸うんだぞ！」

「んっ……ひ、ひゃい」

「おうふ、いいぞ。また滾ってきたぞ！」

ナリカの口の中でむくむくと、また肉棒が起き上がった。

大丈夫。アナル舐めとて耐えたのだ。

ナリカは密かに自分を励ます。
（そ、う……淫力が、まだ、あるから……！）
たとえ拷問をされても、壊れない自信がある。生き延びることができる。
それが鍛え抜かれた閃忍だ。
だからナリカは何度犯されても、この程度なら屈しない——
「ボス！　術の用意ができました」
そこにやってきたのは、忍び装束を着直した覆面の一人だ。
（えっ？）
ソファに倒れたままのナリカは、その手に一本の筆が握られているのを見る。
先端に塗られているのは、赤黒い墨か。
（血を混ぜた……呪術用の⁉）
符に術式を込めるときにも使うもの。
まずい。ナリカの忍びとしての勘が、そう囁《ささや》く。
肉体への責め苦なら耐えられるが、術は別だ。
どんな効果をかけられるかわからない。対処ができない！
「待っ……！」
「よし、では肉便器にぴったりなのを頼むぞ」

社長がナリカから離れ、命じる。

ソファから起き上がろうとしたナリカを忍びが押さえ込み、強引に両足を抱え上げた。

いわゆる「まんぐり返し」の格好にして、小ぶりな尻に筆を走らせる。

「はあうンッ⁉　な、なにを……あうっ‼」

「ハアアアアアッッ！」

――キイイイィーン。

覆面の下で呪文を唱えた忍びが印を結べば、空気が震えた。

どくんっ！

突如、ナリカの鼓動が跳ねる。

どくっ、どくっ、どくんっ、どくんっ！

「あ……ああああああああああああああああ⁉」

小尻が熱い。焼けるように。書き込まれた術式のせいだ。

（なにを、私……されたのッ⁉）

「ハッハハッハッ！　【菊門色狂】とは、こいつはいい！」

社長がげらげら笑っていた。

覆面の忍びも目を細め、一緒に肩を揺らしていた。

「ああ――っ！　あ――！　あ――⁉」

やがて全身が燃えるように火照り、滝のように汗が流れた。それでも消えることなく尻に残る、赤黒い【菊門色狂】の文字をナリカは見る。

（これ……これ、はぁあッ⁉）

心を操る術式――そう思ったときには、ナリカの尻穴が疼いていた。

「いやっ、いやぁあああああ！　お尻がっ、お尻が熱いのおおおおおおおおおおおおおおお‼」

文字通りの【菊門色狂】だ。

アナルを掘って掘って掘られたくてたまらなくなり、ナリカはソファに寝転んだ形のまま、自分から大きく尻を持ち上げていた。

薄い尻肉を精一杯開いて、見せてはいけない後ろの穴を晒し、そこに自分で指を突っ込む。

「あううううううううんッ♥」

今までそんな汚い奥を、ほじったことなど一度もなかった。

しかしずぽずぽと肉の蕾をこじ開ければ、たまらずソファで背中が反る。

「あ、ああああああンッ♥　ふあああぁぁ……足りないいいんっ♥　これじゃダメええぇ♥　違うのっ、もっと太いのがいいのおおお～～～～♥」

くちゅくちゅくちゅくちゅくちゅっ！

他のことは考えられない。穢《けが》れた蕾をひたすら腸液で滑らせる。

——すぐそこにいびつだが、太くて硬い巨根があった。

「アアン♥　お願いっ、それが欲しいのおおお♥　ここに挿れてぇえ♥　お願いっ、お願いしますぅう～～～～♥」

「ハッハッハッ！　自分から無様に哀願するとは、すっかりいい玩具になったじゃないか。ほうれ！」

「はううンッ♥」

飛びついた社長が、真珠入りの竿を菊門に擦り付けてくる。

「あっ、あッ、あッ……挿れてくださいっ♥　それ、欲しいのおおおお～～～♥　意地悪しないでぇええええ♥」

ナリカは泣きながら、尻を浮かせて振っていた。

自分から必死に、皮の剥かれた先端を誘う。

「挿れて挿れて挿れて♥　そのおっきくてゴツゴツしたおちんぽでっ、ナリカのちっちゃいウンチ穴を、めちゃくちゃに犯してくださいッ♥」

「ほれ、これか？」

「あああ……きたっ、きたきたきたああああ～～～～ンっ♥」

めりめりめりめりめりっ！

締め付けのきつい菊門を、真珠入りの巨根が押し通る。

「あっあっあっあっ♥」

痛みすら快楽に変わり、ナリカはそれだけでイった。きゅうううっ、と足の指を全部折る。

「ここからだぞ。それ！」

ばんばんばんばんばんばんばんばん!!

「あ――――――～～～～ッ♥　めくれりゅッ！　お尻の穴、めくれりゅうううううううン♥」

ぷぽっ、ぷっ、ぽぷっ、ぷすぅ。

突かれるたびに恥ずかしい放屁の音がした。ナリカは羞恥に震え、両腕で必死に顔を隠す。

「いやあああああああああ～～～～ん♥」

「何が嫌だ、涎を垂らしてよがりおって……いいのだろう？　尻の穴が好きなんだろう？　んん？」

「はひいっ♥　大好きらのッ♥　挿れちゃらめなとこ、ごりゅごりゅされるのがいいのおお～～っ♥」

「前の穴よりよほど具合がいいぞ！　こりゃあ殲たちにも、後で楽しませてやらねばな」

「はいいいいい♥　いっぱいシてっ♥　ナリカのお尻の穴、たくさんいじめて……ケツマンコにっ、どぴゅどぴゅしてくださいいいい♥」

「……ふう。しかし二発目はなかなか射精《で》ないな。ああ、そうだ」

「あ、へ？　やらっ、動いて？　もっと動いてえ？」

社長がなぜかピストン運動をやめてしまった。ナリカは切なく尻を振る。

「そう焦るな、ほうれ。今たっぷりと……う、うふう〜〜〜」

「はひ？　……あ、　あああああああああああ⁉」

じょぼぼぼぼぼぼぼぼぼぼぼぼぼぼ。

腸壁越しにぶちまけられた感触が伝わる。

その温かさにナリカは——果てた。

（おしっこ、出されてるううううううううううう♥）

「まさに肉便器だな。ハッハッハッ！」

ひとしきり放尿を終えて、小便まみれの肉棒を社長が引き抜く。

当然のようにきれいにさせようと、ナリカの口に突っ込んできたが、もう舐める気力も残っていない。

開いたままになったらしき穴から、出された尿が漏れたのか、熱いものが尻に伝うのを感じる。

それだけでまた【菊門色狂】のナリカは、びくびくと絶頂した。

◆5　愛玩性奴

「もう気絶したのか？　ハッ！　くノ一とて、しょせんはただの女よな」

ソファの上で大股開きのまま、動かなくなったナリカを中年男が嘲笑う。

他の忍びどもも同じように、彼女の醜態にくすくすと覆面を揺らした。

「ククク……この程度ではもう一人の代わりにはならぬなあ」

「まったくだ。ボスを満足させても、まだ我らが残っておるのだぞ」

（……ナリカ、さん……！）

床に倒れたままのハルカは、すべてをどうにか見聞きしていた。

白いバケモノが「イスカリオテ」の社長だったこと。ナリカに妙な術が使われ、自ら進んで後ろの穴まで捧げたこと。

——ハルカにはどうすることもできなかった。

しかし、ナリカの稼いだ時間を無駄にはしない。

淫力を消費し——ようやく毒の効果が抜けてきた。

ダダ漏れだった体中の体液がようやく止まる。荒かった呼吸も落ち着いてきた。

それでも少し、手足の痺れが残っている。

(あの状態の、ナリカさんを連れて、逃げ出すのは……まだ！)

悔しいが不可能だ。閃忍に装身するのも難しい。

(でもナリカさんが、動けるまでに回復、すればっ……！)

今度はハルカが耐える番だ。

「お前たちの術とやらはなかなかに使えるな。薬のように量産はできないが、これはこれでこやつらを『商品』として扱えそうだ」

調子に乗って社長がべらべら情報を漏らす。

(薬？　……私に使われた、この毒、ですか)

なんとなくそう悟る。

純度が高かったため、閃忍であるハルカでなければ致死相当の毒となったが――おそらく毒物ではない。

(たぶん、強烈《きょうれつ》な、媚薬の一種……)

体感した、ハルカだからこそわかること。

それが間違いないことは社長が、薬の代わりとして【菊門色狂】の術に満足していることが示している。

結局は、同じ効能ということだ。

(でも……それだけの媚薬を、量産？　何のため……？)

脱出までにそこまでわかればベターだが。

その前にハルカには、術の責め苦が待っているらしい。

「ククク。ではこっちにも、別の文字を施すか」

筆を持った忍びが近づく。倒れたハルカにかけられていた、ナリカの上着を剥ぎ取った。

汚れた乳房が露わとなる。

ぞくり、とハルカは恐怖を覚える。

ナリカを堕としたほどの術だ。しかし抗《あらが》う術はない。

赤黒い墨でさらさらと書かれた文字を、どうにかハルカは目視した。

(【万倍感度】……!?)

「ハアアアアアッッ！」

――キイイイィーン。

(……あっ、あぁぁぁあ!!)

「っ――――――――――――――――――――――――――――――――――――♥」

頭の中が真っ白になった。

ようやく落ち着いてきた呼吸が、はッはッとまた乱れる。

心臓がばくばくと跳ね、肌が——燃えた。

「きゃっ、きゃあああああああああああ⁉」

わずかな動きでも、ハルカに引っかかっていた上着の端が擦れて、仰け反った。

下にある、フロアマットの粗い凹凸もやばい。

「あうっ♥　ふあうっ♥　やあっ、ダメ♥　こんなのっ、いやああああああああ——————————っ♥」

「ほう、【万倍感度】……転がっているだけでイキまくってるようだな」

ひたすら一人で身悶えるハルカを見下ろして、そう評したのは社長だったか。残念ながら今のハルカには、それを知覚している余裕がなかった。

「はああああんっ♥　ダメですっ、これはああ♥　肌がっ、すごく、敏感になってええっ♥ああああんっ♥」

次の瞬間、むしゃぶりついてきたのは忍びどもだ。

「はっ、あ——————っ♥」

しかし彼らはあえて舌先で、耳や、腋《わき》といった箇所をソフトに責めてくる。

触れられているだけで感じるハルカに、その愛撫はむしろ甘美すぎた。

「イっ……♥　っ♥　ふああ、あああああっ♥」

ぷしっ、ぷしゃっ、ぷしゃあああっ！

みっともなく音を立てて、ハルカは大量に潮を吹く。

時折、かみかみと耳を食《は》まれるのがたまらない。

「ひっ♥　やっ♥　あう、ううん♥」

そのたびに頭の奥がちかちかと爆ぜた。

「ククク！　この程度で果てるとは、簡単な女よ……」

「性根が淫らなのだろうな。ボスの言うとおり……『商品』として仕込むには手頃よ」

げらげらと忍びどもに笑われながらも、必死にハルカは羞恥に耐える。

（あぁぁあっ、だけど……これ以上は、も、うっ！）

「さあ。これで犯してやったらどうなるやら」

「!?　ま、待って！　今、はっ……あぁ――――――っ♥」

ずりりっ、と覆面の一人がハルカの腰を引き寄せただけでも、また達した。歯を食いしばり、快楽の波に硬直する。

その中で、ぴたりとあてがわれた感覚が、脳髄まで駆け抜けた。

ハルカの割れ目に今、怒張した肉棒の先端が触れたのだ。

（こ、こんな状態のときに、挿れられたらっ♥　……わた、しっ♥）

ぬぷりゅりゅっ。

濡れに濡れたハルカの淫壷は、一切の抵抗もなく侵入を許した。

「ふあっ♥　あっはあ――――――――――――――――っ♥」

滑りがよすぎて、一気に子宮口まで届いてしまう。

それだけで感じすぎて、もうハルカは仰け反るだけの獣となった。

「おおおおおっ！　ククク、膣内《なか》できゅうきゅう吸い付いてくるじゃないか！」

男がハルカを味わい始める。乱暴に突きながらも、女の弱いところを探る動きだ。

しかし今のハルカには、どこもかしこも弱点だった。

「あふっ♥　はあうっ♥　ああん♥　やめっ、イグっ♥　もうイグうう、イぎますうっ、ううあっ♥」

ずぽっ、ぐぽっ、じゅぴっ。ぐぷっ、じゅぽっ、ずちゅっ。

一突きごとに吹き出る液が、男との間でいやらしく粘ついた。吐息とともにどうしても甘い呻きが漏れてしまう。

悔しい――ハルカは己の未熟さを痛感する。

(この程度で私っ……お、堕ちる、なんて⁉)

気持ちいい、気持ちいい、気持ちいい気持ちいい気持ちいい！

頭の中がそのすべてになる。身につけた房中術も駆使して、突かれるたびに相手の亀頭に、降りてきた子宮でキスをした。

「おおおおっ、この売女《ばいた》がア！」

嬉々として射精に向けて昂る男の体温や、降りかかる息づかいでさえ、ハルカをいっそう悶えさせる。

「あぁあっ♥　私に射精《だ》すっ、つもり、ですねっ……♥　わかりますう♥　わかるの♥

いっぱい、射精《だ》しそう♥　りゃめええ～～～っ♥」

「おいおい、膣内《なか》に射精《だ》すなよ。後ろがつかえてるんだからな」

「クッ、わかっている。……うおッ！」

じゅぽんっ！

いきなり竿を引き抜かれ、それだけでハルカはまた絶頂に届く。息もできないほどに。

「はっ♥　はっ♥　はっ♥　はあっ♥」

びゅるびゅると振りかけられるのは、男から吐き出された子種汁だ。

「あああ……熱い熱い熱いいいい――――～～～っ♥」

顔や胸にかかった迸りの熱に敗北する。濃厚な男の臭いがたまらない。

「あ、あ、あ――……♥」

(だめ、ですっ……わ、たし、もう……)

どうして膣内《なか》に射精《だ》してくれなかったの？

そんなことを切なく思うほど、快楽の虜になる。ぐちゃぐちゃに濡れて口を開けた秘裂に、自分から指を挿れた。

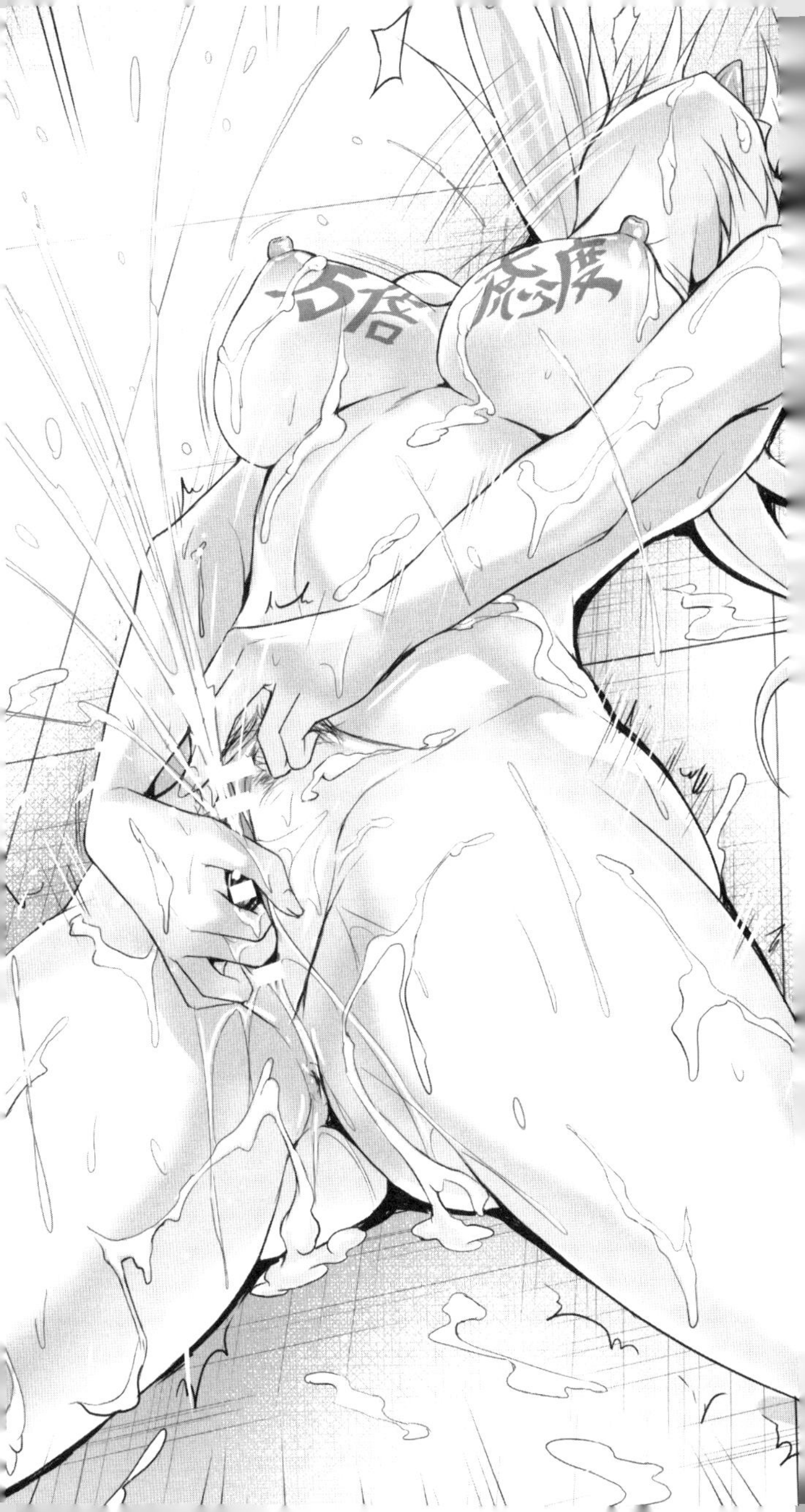

――【万倍感度】の効果はすごい。

「あぁあああああああああああああああ♥」

まだ掻き回してもいないのに、簡単にイった。それでも指は止まらずに、勝手に気持ちのいい場所をいじり続ける。

だらしなく口を開いて涎を垂らしながら、こりこりになった陰核と、裏側のGスポットを同時にこねた。小便のようにどばどばと愛液が出て、飛沫《しぶき》を散らす。

「はっ♥　はあっ♥　ああっ♥　はああ♥　ふあああんっ♥」

「一人で勝手に楽しむなよ、この生オナホが。ほら……次だぞ。ククク！」

じゅぷぷぷぷぷっ。

交代した二本目が、ハルカの指を押しのけて、再び深く貫いてきた。

「あふあぁあんっ♥　おく、にっ……おくに、一気にいいっ♥」

「……イキすぎて、すっかり緩みやがって、オラ！　もっと締めろ！」

ばちゅっ、ばちゅっ、ばちゅっ、ばちゅっ！

両足首を持ち上げられ、ハルカは突かれる。そのたびに汁の飛び散る淫靡《いんび》な音が、取り囲む男たちを楽しませた。

「あはあああ♥　やあっ♥　イクぅ♥　ずっと、イってましゅうう♥　そりぇイイっ♥　イイれすうっ♥」

「おおうっ、そうだ！　クク、肉壁《にくへき》がうねるじゃないか……いいぞ！」

ハルカは快感の洪水に流されていく――

だが感度が高められたからこそ、はっきりとわかることがあった。

(これ……同、じぃ……!?)

挿れられた二本目の男性器。その形は、ハルカがさっき肉ひだの形を合わせた、一本目とそっくりだった。

間違いない。覆面をする忍びの目元を、互いの息がかかるほどの間近で見て、ようやく気付く。

さっきの忍びと瓜二つだ。

「オラ！　たっぷり射精《だ》すぞ！」

どぴゅぴゅっ！

「あふあ、ああんっ♥」

振りかけられる白い男汁の臭いも、一本目とまるで同じ。もちろんトキサダや、タカマルのものとは違う。本来みんな、微妙に風味が異なるはずなのに。

口の周りにまで飛んだそれを、さりげなくハルカは舐めて確かめる。

(～～～～濃い、いいっ♥)

味覚ももちろん感度が増していて、濃厚に感じられた精液に、体が勝手に反応した。

これだけでハルカは軽く潮を漏らす。

それでもはっきりと、イカ臭い風味を記憶した。

──そこに三本目が来る。

(こ、これも……やっぱり、またっ!)

ずにゅううううう。

「はうあああんっ♥」

同じだ。膣肉に竿を擦り上げる動きも似ていて、皮肉にもハルカは自分から腰を合わせ、快楽を貪る。

ぐぴゅっ、びゅちっ、ねぷっ、ぐぽっ。ぬぷぷっ、ぬぽっ!

「おいおい……本気で欲しがってるじゃないか。愛液がすっかり泡立ってるぞ?」

「は、はいっ♥ イイんれすぅ♥ おくっ♥ おくが、とっても、イイのっ♥ イグっ♥ イグううんっ♥ イぎますううう♥」

「いくらでもイけ! オラ、飲めっ!!」

「んっ、んんん────〜〜〜〜っ♥」

三人目は最後、ハルカの口に性器をねじ込み、たっぷりと射精した。

びゅくびゅくと喉の奥まで流れ込む、粘っこい子種汁。絡まるその食感だけで、ハルカはまた恥ずかしく潮を飛ばした。

だが鮮明に記憶していた、二本目の味と比較する。

(これも、同じ、です……！)

苦くて臭い、強烈なイカ臭さ。

それにむせながらも思い出すのは、数日前にビルの屋上で戦った、最初の忍びたちの素顔――

三人が同じ顔だったたが、たぶんハルカを犯した忍びたちもそっくりだ。

似ているなんてものではない。犯し方も、性器の形も味も臭いも、すべて同一なのだ。

(あり得ません……！　これ、が……この者たちの、秘密……？)

すでにこの場にあの社長はいない。忍びどもにハルカをあてがい、いつの間にか立ち去っていた。

そして四人目の忍びが、ハルカにずりゅりゅっと肉棒を挿れる。

やはり同じ形と、硬さだ。熟した肉扉が驚くほど簡単に馴染んだ。

駆け上がってきた快楽に、またハルカは飛んで、がくがくと頭を揺らした。

「ふぁああうんっ♥　イイ♥　イイのおおっ♥」

狂宴は終わらない。部屋にはまだ順番待ちの忍びがいる。

「おい、いつまで寝てるつもりだ？」

「尻穴が開いたままじゃないか……クク、そのまま突っ込んで起こしてやろう」

待ちきれずに、気を失ったままのナリカに手を出す者もいた。

「はウンッ♥　……あはあンン♥」

半覚醒のまま、ナリカが甘い息を漏らす。

そこに負けじとハルカに挿入《はい》った四人目が、いっそう激しく腰を振った。

ぱんぱんぱんぱんぱんぱんっ！

たんたんたんたんたんたんっ！

「……い、いやぁあッ♥　また私っ、アナルっ、ずぽずぽされてりゅううう♥　あ〜〜〜〜〜〜〜♥」

「イク♥　イってますからあっ♥　それっ、そこ♥　オマンコ、壊れっ、ちゃいますううううう♥」

蕾と蜜壺を犯す二つの打音に、二人のよがり声が交ざり合う。

ここから果たして抜け出せるのか——完全に堕とされたハルカたちにはまだ、わからなかった。

♥

ハルカとナリカから、予定していた定期連絡が来ない。

予定時刻の一回目、二回目を無視するのは――潜入捜査続行中で、応対できないという可能性はあるだろう。

（しかし、三回目も連絡がないというのは……！）

明らかに異常だ。指令室で待機していたトキサダはそう判断する。

少なくともそこまで連続して、意図的に応えないというのは、ハルカやナリカには考えられない。

「ユーノ、二人に何かあったに違いない！」

「ええ。すぐに突入メンバーを選出するわ」

ユーノももちろん即断する。指令室にいる、ダイビートの制服を着たスタッフたちに指示を飛ばし、強行突入チームの手配を始めた。

閃忍の二人が帰還しない。これだけでも十分「イスカリオテ」がクロなのは、間違いないのだから。

――指令室のスクリーンに捉えられた「イスカリオテ」のオフィスビル。

すでにハルカたちの潜入から六時間が経過して、闇に沈み始めていた。ここから監視する限り、特に異変は見られないが。

「俺も行くぞ、ユーノ」

長官席から腰を上げ、トキサダは告げた。

（どうにも……嫌な予感が止まらない）

「トキサダ！」

他のスタッフのもとにいたユーノが、鋭い目つきを向けてくる。

「大丈夫、Xデーまでは時間がある。俺が出撃しても問題ないだろう」

ユーノ以外の者たちは皆、きょとんとしていた。無理もない。

戦部トキサダが実は、閃忍や超昂戦士に匹敵するほどの戦闘力を有している、と知るのはまだユーノだけだ。

「わかっているの？」

詰め寄ってきたユーノが、小声でトキサダに釘を刺す。

「あなたが戦えるのは私も知っているわ。神騎の私がそう鍛えたのだから。でも……」

「チャージができるのは俺だけ、だろ。だから一人では行かない」

「……そうね。可能な限り、現時点で最高の人員を手配するわ」

「頼むよ。こんなところでハルカさんや、ナリカを失うわけにはいかない」

「ええ」

『ユーノさん！　通達、こちらに届きました！』

そのとき指令室の巨大スクリーンの半分に、一人の女性が映し出される。

赤毛に黄色いリボンが鮮やかな、ピンク色のコスチュームに身を包んだ女性だ。

もちろんトキサダもよく知る相手――超昂戦士「エスカレイヤー」こと、高円寺沙由香《さゆか》だった。

「沙由香さん……！」

彼女の背景は、この基地のトレーニング室か。強固な壁や天井で造られた、閃忍や超昂戦士たちの戦闘でも簡単には壊れない、特殊な施設だ。

そこでちょうど訓練中だったのだろう。エスカレイヤーに変身したままで、トレーニング室に設置された端末の、カメラを覗き込んでいるようだ。

『もちろん救出チームに入れてください！　出撃準備しておきます！』

「……チャージはしなくても、いけそうかい？」

『はい。消耗はしてないですよ』

そう応えた彼女は、映像の向こうで変身を解除する。

黄色いリボンはそのままに、艶《つや》やかな長い赤毛が、明るい茶髪に変化した。変身前には消失していた眼鏡が現れ、どこかおとなしそうな雰囲気を放つ。

だがその瞳には、変わらぬ強い意志があった。

『任せて！　いつ何時も、全力で戦います！』

「ありがとう。救出チームに沙由香さんが加わってくれるなら、心強い」

トキサダは心底そう思う。

――ADDDを使用するダイビートの超昂戦士。

その参考モデルともいえる、初期に召喚できた『元祖超昂戦士《オリジナル》』、それがエスカレイヤーだ。

その実力はダイビートでもトップクラス。元の世界で、たった一人で多くの敵を駆逐したエキスパートだけはある。

そんな彼女と肩を並べる実力者が、トレーニング室にもう一人いた。

ひょっこりと沙由香の後ろに現れたのは、汚れ一つない純白の私服に身を包む、青い髪の女性だ。

『……私の方も大丈夫です。この後の予定を、別メンバーに交代してもらえました』

さっきまでカメラの外で連絡をしていたのだろう。手にしていたスマートフォンをポケットに仕舞い、青髪の彼女――エリス・エクシリアが丁寧に会釈する。

「エリスさん！　助かるわ」

トキサダの横で、ユーノが安堵の表情を見せた。

それは人の姿になっているエリスが、ユーノと同じ神騎だからか。

神アマツに仕える、序列三位の神騎「エクシール」。

それがエリスの正体である。ここことは違う世界にて悪魔と堕天使軍を打ち倒した、最強の神騎だという――

事実、彼女はよくエスカレイヤーの訓練相手をしていた。

現在のダイビートでは、神騎エクシール以外にエスカレイヤーと手合わせできるのは、凄まじい雷撃を操る閃忍ハルカくらいだから。

ただし別の世界に来た彼女は、アマツより力を供給できない。

代わりに今はトキサダが、他の閃忍や超昂戦士と同じ方法でチャージを施している。

『ハルカさんとナリカちゃん……大変心配です』

淫力のように性欲を介するそれは、高潔な存在である神騎に、人と同じ感情の揺らぎを与えるやり方だ。

それをエリスは戦う意志に変換する。

『ホーリーアムド！　ヴァルキュリエ・エクシール!!』

エリスが叫ぶ。

その姿が聖なる輝きに包まれ、変化した。

青き聖鎧《せいがい》を纏い、手には剣型の武器――神武ソル・クラウンが現れる。背中には六枚もの、天使を思わせる翼が羽ばたいた。

鋭く空気を斬る音を放ち、神騎本来の姿と化したエクシールが剣を構えた。

『神騎エクシール！　神武ソル・クラウンとともに、いつでも出撃準備万端です！』

漲《みなぎ》る気迫が、映像越しにも伝わってくる。

『罪に汚れし悪の尖兵は、神に代わりて誅滅《ちゅうめつ》します！』

なんて頼もしいのだろう。トキサダは思わず、ユーノと笑みを交わしていた。

『あの、エリスさん？』

ただし沙由香だけは、隣で苦笑いしていた。

『……出撃も何も、気が早いですよ。変身は現場に着いてからでもいいんじゃあ』

『えっ？　あ……そ、そうですね……』

言われてエクシールが、エリスの姿にすぐ戻る。

『すみません、私、つい気が逸って。神騎として、どうしても悪が許せなくて、ですね』

『気持ちはわかるわ。ただ今回は、まだ表立ってダイビートが動ける案件ではないから』

こんなときでも沙由香は冷静だ。

さすがは歴戦の覇者ということか。トキサダも舌を巻く。

「ええ、こちらでも他に、閃忍の二人から選出メンバーへの了承をもらったわ」

指令室のスタッフから通達を受けて、ユーノがスクリーンに情報を重ねる。

ハルカとナリカのいない今、閃忍の二人といえば「花のチルカ」に「土のオウカ」しかいない。

ナリカと同一存在にしては胸の大きな、ピンク髪のチルカ。それとボサボサ髪が特徴的な、二十代ながらも幼児体型の、オウカの写真画像が横に並んだ。

四名もの戦闘スタッフ――これが救出メンバーということだ。

「すぐに現場まで向かう車両を用意します。突入プランはこちらで組みますから、それに従って……」

てきぱきとユーノが仕切る。

トキサダはさっそく指令室を出ようとした。ダイビートの車両がある、施設駐車場へ向かうのだ。

四人の救出メンバーたちと行動を共にするために。

――そのとき。

「トキサダ⁉」

悲鳴のようなユーノの声が、トキサダの足を止めた。

振り返れば、何があったのかすぐ理解する。

「何っ⁉」

半分がトレーニング室と繋がるスクリーン映像の、残り半分。そこには相変わらず「イスカリオテ」のビルが映し出されていた。

だが夜に没したその姿は、先ほどまで目にしていたものから一変していた。

ビルの一階部分から、どうやら黒煙が上がっていた。

散乱するのは大量のガラス片か。

ビルの窓が割れ——道路ではいくつもの車両が横転し、通りかかった人々が混乱している。

「やられた……！」

爆発したのだ。トキサダは青ざめる。

「……先手を取られたッ！」

◆6　救出作戦難航す

夜の街に赤い警光灯を煌めかせた、警察車両が群がっていた。

大勢の警察官が「イスカリオテ」ビルの周囲を封鎖して、野次馬や報道のテレビカメラを押しのける。

散乱するガラスの破片を踏みしめて、ビル内部に立ち入るのは消防隊員だ。火の手はもうないようだが、まだ人がいないか捜索中らしい。

『レスキューチームの通信を傍受したところ、被害者の発見には至ってないようね』

——そんな様子を、近接する立体駐車場の上層階から見下ろして、トキサダはユーノからの連絡を受けた。

『すでにもぬけの殻だった、ということかしら』

「確かに就業時間はとっくに過ぎていたから、社員を追い出した後に……というのは考えられるな」

ふむ、とトキサダは思考を巡らせる。

（それに死体が一つもないということは、爆発に乗じてハルカさんやナリカを始末した、というわけではないのか？　なら）

「……いったい、何のために自社ビルを爆破したのかしら？」

駐車場の防犯カメラ。その死角を作るよう停めた黒塗りの国産大型ＳＵＶから、出てきた沙由香が呟く。

ビル風に、リボンと茶色の長い髪がなびいた。

眼鏡の向こうの瞳が不安げに揺れる。

「少なくとも、ハルカさんやナリカちゃんの正体に気付いたから、と考えるのが普通ですけど……」

「そう、だな。証拠の隠滅のため、というのが一番か」

トキサダは、ユーノと繋がるスマートフォンを手にしたまま、素直な憶測を口にする。

大筋で間違っていないのは、スピーカー越しに反論がないことからも明らかだ。

（殲・上弦衆かどうかはわからないが……少なくとも敵は忍者どもを使う、組織的なものだ。だからこそ躊躇《ちゅうちょ》しない。……最初の三つの死体が、分解して消えたように）

そんな敵が、ハルカとナリカを生かしておくだろうか？

消失した忍者どもと同様に、二人の死体も残さず処分されたとしたら――

最悪の予想にトキサダは息を詰まらせる。

「大丈夫ですよ、トキサダ」

そこに、車両の後部座席から降りてきたばかりのエリスが告げた。

人の姿をしていてもどこか神々しくある神騎の彼女は、やわらかく微笑んでいた。

「あの閃忍のお二人が、簡単にやられるとは思いません。今は希望を信じましょう」

「……！　ああ」

トキサダは視線を「イスカリオテ」ビルの隣に向けた。

そこにそびえるのもまたオフィスビルだ。爆風の煽りを受けて一部が損壊し、警察官の指示により、残っていた人の待避が行われている。

その屋上から今、飛び移った影が二つ。

あまりに素早く、トキサダでもその動きを捉えるのがやっとだが、正体はわかっている。

ＳＵＶでここまで一緒に来た、閃忍のチルカとオウカの二名だ。

――突入チームとして、エスカレイヤーとエクシールも連れてきたが、ビル内部の把握が優先である。隠密行動が得意な閃忍二人に先行してもらい、トキサダたちはひとまずここで待機となった。

爆破のせいで「イスカリオテ」ビルにはまだ、無関係な消防隊員がいるのだから。

「ともかく……チルカとオウカは無事に侵入できたみたいだ」

トキサダは沙由香とエリスの二人とともに、ＳＵＶの中に戻った。

スマートフォンを車内システムと連動させれば、カーナビのモニターに暗視映像が表示される。

侵入した閃忍二人からの、ビル内の映像である。

『ちゃんと、映ってる、かな。やっほー』

いきなり覗き込んできたのは、幼げな顔の少女だ。

ごつい爪がついた手甲が、ちらりと映った。その先端で器用に小型カメラを扱っているらしい。

土遁の術を行使する、想破上弦衆の一人、白土師《しらはぜ》オウカである。

あのナリカより小柄で、口調も子供っぽいのだが、こう見えてとうに成人している。

『オウカ様……カメラはまだ早くないです？』

そこに手を伸ばして、レンズを隠した者がいた。

『近くに気配はないけれど、あのハルカ様とナリカ様が消息を絶ったんですよ。チルカたちはもっと慎重でいないと、ですねっ』

『大丈夫。こんなところに残ってるほど、相手はたぶん、愚図じゃない』

『……あ』

『証拠も、きっと消されてる。完璧に』

『それ、は……』

『でもわたしたちなら、痕跡、見つけられるはず。映像での分析も、役に立つ、かも』

カメラから手がどけられ、忍び装束姿の四方堂チルカが捉えられた。

髪型は違えども、ナリカとそっくりな顔立ちをした、この世界の想破上弦衆の一人。

オウカより幾分年下だが、年齢よりもしっかりしている少女だ。

『そうですね。ハルカ様もナリカ様も、絶対に生きておられます。それが、世界が違っても閃忍というものですし』

こくりとチルカが頷いた。

『頭領の期待にも応えます。お役に立ちませんと！』

『その、意気。えへん』

閃忍の二人がビル内の探索を始めた。

それを車内から映像越しに、トキサダたち三人は見守るしかない。

――こちらの声は届かない。

向こうのスピーカーはオフだ。迂闊なやり取りをすれば、あちらが見つかるかもしれないから。

(頼む……ハルカさん、ナリカ！)

運転席の広い背もたれに身を預け、トキサダは無事を祈るのみ。

チルカとオウカは真っ暗なフロアを駆け抜け、次々に部屋の中を確認していく。

途中の階段や廊下で、生存者を探しに来た消防隊員とニアミスするが——そこは、さすが忍者である。

壁や天井を音もなく蹴り、高速で闇に紛れる。

一般人に閃忍の二人を目視することは不可能だ。

そうやって辿り着いたのは、すすで汚れたエレベーターの中だった。

『ここ、細工がして、ある？』

エレベーターの電源は落とされていて、動かない。しかしその天井部分に這い上がり、オウカが真っ暗なシャフト内を確認した。

「何っ？」

トキサダは思わず呻く。

『オウカ様、これ。偽装されていますけど……ハシゴになっていますよ』

暗視映像にはなっていても、カメラ越しではよくわからない。

たぶん忍びだからこそ気付いたものだろう。チルカがシャフトの内壁の隙間に、するりと体を滑り込ませた。

カメラを持つオウカも続いたか、しばらくモニターには暗がりしか映らない。

「下に降りてる、のかな？」

ＳＵＶの助手席に座る沙由香がそう判別する。

後ろの座席ではエリスが、持ってきた薄型タブレットを操作し、表示した「イスカリオテ」ビルの図面を確認する。

「下と言っても地下階はないはずですよ。ご覧くださいトキサダ、このように構造的には一階までで……」

「いや、もしかしたらっ」

トキサダはタブレットを受け取って、ビルの基礎部分に注目する。

今時の耐震構造が施された地下空間だ。

ばこん！　と映像の向こうで音がした。先を進むチルカが何かを蹴破ったようだ。

『……オウカ様、ここは！』

誰もいないとわかっているようで、チルカが大きめの声を出す。

オウカもカメラを連れて、エレベーターシャフトの真下に開いた、四角い穴を通り抜けた。無音で着地を決める。

代わりに、ぴちょん――という雫の水音をカメラが拾った。

消防車による放水で垂れたものか。ビルの土台部分にまで流れ込むのも当然だろう。

しかし暗視映像に捉えられたそこは、点検用のスペースにしては広すぎた。普通のフロアのようになっている。

『明らかに隠し部屋です、頭領！』

チルカが映像越しに昂奮した。

『でも……何も、ない、かも』

一方、オウカは落ち着いて、地下の様子をカメラに映す。

彼女の指摘どおりだ。確かに人が入れるだけの空間となっていたが、あるのは床に敷かれたフロアマットと、隅に追いやられた革張りのソファくらい。

壁の方まで見回しても、手がかりになりそうな棚や機材、というものはなかった。

『はあ』

深い溜息が、車内にいるトキサダたちにも聞こえた。

たぶん、カメラを持つオウカが漏らしたもの。

『敵、こうみよー。最初から大事なもの、置いてないっぽい。くすん』

『だけど、血の染みとかはないみたいです……!』

濡れたフロアマットを踏みしめ、チルカがつぶさに調べていく。

「長官さん……たぶん、ここに死体がないってことは」

車内で沙由香がはっとする。

ああ、とトキサダにもわかっていた。

「二人を始末したのなら、この地下が最適なはず。見つからないのなら」

「きっと生きている、ということですね」

後ろでエリスが微笑んだ。

「やはり希望はありました！」

「うん。でも……問題は、なら二人はどこに行ったか、だ」

『ダメです。水で洗われたせいか、匂いとかもぜんぜんわからないです……』

モニターの向こうで、悔しげにチルカが言う。

(爆破したのは、それが狙いか？)

なんとなくそうトキサダは感じ取る。

おそらくハルカとナリカは、敵の忍びに囚われて、ここから連れ出されたはずだが。

「ユーノ……。作戦中止。引き上げよう」

トキサダはスマートフォンで繋がって、同じ映像を見ているはずの副官に命じた。

『いいの？　トキサダ』

ユーノからの通信が割り込む。

「長官さんっ……！」

隣では沙由香が表情を強ばらせたが、トキサダの判断は揺るがない。

「ここまでやって、尻尾を掴ませない相手だ。別のやり方を考える。おそらく相手は、ハルカさんとナリカに何かの価値を見出したんだろう。もしかするとダイビートに関する情報かもしれない」

トキサダはダイビートのリーダーだ。使える手段は他にもある。

（それまで二人が無事でいるかどうかは、わからないが……）

「大丈夫。俺は……ハルカさんも、ナリカも信じてる」

眼鏡越しに不安げな目で見つめてくる沙由香に、そう言い聞かせる。

はい、と同意するのはエリスだ。

「トキサダ。今は堪えるとき、ですね」

「ああ。絶対に二人は帰ってくる。そのために、できる手はすべて打つさ。……ユーノ、チルカとオウカに退却指示を」

『了解。通達するわ』

「それと、すぐに君枝に連絡を取ってくれ」

外していたシートベルトを装着しながら、トキサダは付け足した。

——別の手段とはそういうことだ。

あの「イスカリオテ」のビル内には、まともな痕跡が残されていない。しかし親元の企業は別にある。「イスカリオテ」は門市に置かれた、一部門でしかないのだから。

（そちらから……追跡してみせる！）

ダイビートマネージャーの君枝広大頼みだが、彼の情報は信頼できる。「イスカリオテ」が怪しいと見つけたのも君枝なのだから。

けれども、それまでどれくらいの時間がかかるだろう。

（……絶対に助ける！　だから）

無事でいてくれ。トキサダは空気の重い車内でハンドルを握り、今はそれだけを願って、エンジンのスタートスイッチを強く押した。

♥

――「イスカリオテ」で捕らえられてから、何日が経っただろうか。

気が付けばナリカは、ハルカとともに余所へ移送されていた。

たぶん門市からは離れた、寂れた場所にある廃業したラブホテルだ。そこを買い取り、忍びどもの拠点の一つにでもしているのだろう。

電気や水は使えるが、どうにも設備が古くさい。ベッドは今時円形の回転式で、壁紙はところどころ剥がれていたから、手放されてからずいぶん放置されていたようだ。

何より、ここには一般人の気配がない。

部屋の防音は薄めで、他の客や清掃係がいるかいないかくらい、ナリカにもわかる。明らかに不自然だ。

タオルやシーツの交換もなく、汚れたら別の部屋に移されるだけ。

ここでナリカたち二人は、忍びどもの慰み者として使われていた。

毎日、胸に文字が書かれ――日がな一日犯されて、気絶するように眠るのみ。

（逃げ出す、隙を……見つけ、なきゃ、なのにっ）

目覚めてすぐの食事時だけが、まともに思考できる機会だ。

だがそれも丸薬のような栄養剤を、水と一緒に飲み込めば終わる。すぐに今日も、筆を持った忍びが迫った。

「ククク……さあて、今日はどんな文字にするか」

（隙をっ、すき、を……！）

もう一人のハルカのことを考えている余裕もない。

そのときにはまた、体に術の文字【精飲大好】が書き込まれ――

（す、き……！）

「あっ、ンッ♥　……ア～～～～～～～～～～～～～♥」

（……しゅきっ♥）

快楽のスイッチが入り、堕ちた。

「ふああンッ♥　おちんちん、しゅきい～～♥　くださいっ♥　硬くて、くっさいのがイイのおおお♥　今日もぉ……ナリカのお口に、たっっっぷり射精してくださああああい♥」

「ほうら、ナリカちゃんの大好きな、洗ってないチンポだよ？」

「わぁい♥　……あむっ♥」

ベッドの上に転がされ、ぼろりと出された男根に、ナリカは自分からしゃぶりついた。

ジュバッ、ジュプッ、ジュブッ、グップ、グプッ！

(おちんちん♥　おちんちん♥　おちんちんっ♥　臭い……くっさぁあい♥　好きいいぃっ♥　大しゅきいいいいい♥)

グポッ、ジュパッ、グッポ、ジュップ！

ツインテールに縛った髪を振り乱し、下品な音を披露する。

「こいつ、ほんとにフェラがうまいな。美味そうにねぶりおって。ククク、オラ……こいつがご褒美だ！」

びゅくびゅく、びゅくっ！

「～～～～～～～～♥」

小さな口の中に、むせかえるほど濃厚な精子が吐き出された。

(これは……タンパク質だから♥　体力を維持するためにも、必要な栄養だからっ♥　しようがないのおおン♥)

「はふう♥　おいひい～～♥　ん、んんっ♥」

「ククク、しっかり味わうがいい」

「はいぃいい♥」

こぼれ落ちそうなほど大量の粘液を、口内でくちゅくちゅ噛んでから、ナリカは喉を鳴らして飲み込んだ。

ぷはあっ。

吐いた息が、くらくらするほど生臭い。だがそれがいい。

きゅううぅんっ、とナリカの蜜穴がたまらなく疼いた。

（おちんちん♥　もっと♥　もっと♥）

もちろん今日もこれ一本では終わらない。入れ替わるように他の忍びどもが、服を脱いでベッドに上がった。

その前でナリカは、めらっと自分から、てらてらに濡れた一本スジを開いてみせる。

「ねえ♥　下のお口にも、せーしちょうだいっ♥　くっさいオスの臭いで、ナリカを今日も、ぐっちゃぐちゃの肉便器にしてください♥」

「ククク……遠慮なく突っ込んでやろう」

「きゃあっ♥」

一人に襲いかかられて、すぐに硬い肉棒が、ピンクの花扉をこじ開けて挿入《はい》ってくる。

ずぷ、ずぷぷぷっ。

「あ……あはア――――――――♥」

甲高く、甘い声を上げていた。

男が腰を叩きつけるたび、小柄な体がベッドで踊る。

ギシギシギシギシギシギシギシギシギシ！

「あうンッ♥　あふうっ♥　やあっ♥　イっきゅ♥　イってゆ♥　もうイってゆうう♥」

——これが囚われてからの、ナリカのすべてだ。

たぶん、ハルカも同じだろう。

ここに移されてからは別々の部屋で軟禁され、やはり忍びに犯されているらしい。

「オラ、もっと自分から動け！　もう一人の方が、腰使いがうまいぞ！」

「はっ、はいいいい♥　あっ♥　あふ♥　あう、ンッ♥」

忍びどもがこうして漏らす情報からも、そのことがわかる。

たまたま部屋が隣同士になることもあり——激しく犯されるベッドの軋《きし》みや、壁越しにも伝わる、ハルカの嬌声《きょうせい》が聞こえた。

何より淫力の波動を、閃忍は互いに感じ取れる。

生きていることだけはわかるし、ハルカの方もナリカの無事を感知しているだろう。

（でも、こいつら……いったい、何人いる、の？）

ベッドの外でも順番待ちをしている忍びがいる。その顔や体つき、勃起《ぼっき》した肉矛の形状など、すべてが同じことにナリカもさすがに気付いていた。

（なんで、こんなに、いっぱい……！）

ただ、犯されるだけの日々では、考えがまとまらない。

（いっぱい、おちんちんっ♥　しゅきい～～ッ♥）

「ねえっ♥　ねええ♥　上のっ、お口も、空いてるのおおお♥　こっちにも、欲しいっ♥

一緒に、欲しいよおおっ♥」

何度も絶頂に達しすぎて、ナリカは精を求める虜となる。

すぐそこでがちがちにそそり立つ、二本の硬茎に手を伸ばしていた。

「ククク……ならば、ほれ。咥えろ！」

「順番にな。そうら！」

「ふぁいい♥　じゅぷ、んばっ♥　じゅぽぽっ♥　んふ、ううッ♥」

左右から小さな顔を挟むように、突き出された立派なモノ。それらをナリカは交互に頬張る。

「んくっ♥　おいひっ♥　あふ、ああンッ♥　れるれるっ♥」

（あああ♥　臭い臭い臭い臭――――――――いっ♥）

ぶしゃっ、ぶししっ！

激しく動く男の腰に、ナリカの潮が降りかかる。ぱちゃぱちゃ音を立てるほど滴り、乱れたシーツを恥ずかしく湿らせた。

「こいつ、舐めるたびに、きゅうきゅう吸い付きおって……ほらイクぞ！　おおッ!!」

精飲
大好

「こっちも射精《で》るぞ、射精《で》るぞ――――！」

「オオオ‼」

びゅるびゅる、どくっどくっ！

「ああっ、アアア～～～～～～～～～～～～～～～～ッ♥」

子宮内に、口の中に、顔にたっぷりと白い溶岩を放たれて――ナリカは全身を歓喜に震わせた。

すー、はぁぁぁぁぁ。

「あぁぁ……しゅごい、においいい♥　せーし♥　んくっ、ちゅぱっ♥　おいひいっ♥おいひいよおおおお♥」

書かれた文字の影響だとわかっていても、ナリカはかかった精子をぺろぺろ味わう。

びくびくとまだ白濁液を垂らす棒を二本掴んで、下の口では最後の一滴まで搾り取ろうと、きゅんきゅん締め付けた。

（せーし♥　せーし♥　せーしっ♥）

もちろんベッドで犯されるだけじゃない。

ソファのときもあれば、ガラス張りの浴室でも。部屋によってはSMプレイ用の磔台《はりつけだい》や、天井から吊り下げられて玩具にされることもあった。

ただ、今日の趣向はいつもとは違うらしい。

「おい。いつまで遊んでるつもりだ？」

いつからそこにいたのだろう。

覆面の一人が部屋のドアを開け、じゃらんっ、と鎖のぶつかる音をさせた。

手にした鎖に繋がるのは、革製のプレイ用手錠と——それを両腕にはめられて、床に倒れ込む裸のハルカだ。

（……ハルカ、さんっ！）

体中に牡の精を塗りたくられながらも、一戦終えたせいで、ナリカはどうにか知覚する。

ハルカは気を失っているようだ。怪我はなさそうだがぐったりとしている。

その股が、精液と愛液にまみれているのをナリカは見た。

気絶するまで犯された後だろう。そんなハルカと、これから3Pや4Pなどやらされるのだろうか？

——それともついに二人とも処分か。

「ボスから命じられたとおり、ちゃんと支度をさせておけよ」

「そうだな。こいつらに『仕事』をさせないとな」

（違、う……？）

「部屋の準備はできてるからな。後は女どもだけだ」

（……仕、事？　部……屋？）

「さて、先方のオーダーだ。こいつらの文字を書き換えておかないとな」

「あ、うンッ♥」

ぬぽんっ。

状況がよくわからないまま、ナリカは挿れられていた牡茎を抜かれる。雁首の引っかかりだけで達して、汗の染みたベッドに沈んだ。

そこにまた、赤黒い墨を付けた筆が迫った――

♥

「ん……う、ぅ?」

タイル張りの、硬くてひんやりとした感触が、嫌でもハルカを目覚めさせる。

(お、風、呂……?)

忍びどもに犯され尽くして、体の汚れを落とすため、風呂場に連れ込まれることはままあった。

結局はそこでもやはり犯されるのだが。

――それが嫌に感じられなくなり、どれくらい経つだろうか?

しかしハルカは目を開いてすぐ、違和感に気付いた。

ここは、これまで見たことがない風呂場だった。

(っ……？)

いや、おそらく同じラブホテル内の一室なのだろう。タイルは派手なピンク色だったし、壁の一部はガラス張りで、すぐ向こうに大きなベッドの姿も見えた。

だが、これまで連れ回されたどの部屋よりも——広い。

風呂場には大きな円形のジャグジーが備え付けられ、天井には埋め込み型のシャワー穴が並んでいた。

風呂場の向かいにはサウナらしき扉があり、部屋の方もよく見れば、奥にもう一つ小型のベッドが置かれている。

ホテルでも豪華な「ＶＩＰルーム」といったところか。

「あ、ン……」

そしてピンクのタイルの風呂場には、もう一人。

ハルカと同じく裸のままで、ここに放置されていたナリカの姿もあった。

もちろん無事だ。

(ナリカ、さん……これ、はっ)

他に、いつもいるはずの忍びどもの姿がない。ジャグジーには湯を張ってあったが、今は出て行ったようだ。

（監視を、緩めた？　二人で、逃げ出すには、ここしかっ……！）
ふいに訪れた好機に、ハルカの胸がざわついた。
否。ざわついたのは別の理由だ。
起き上がって目にした自分の体には、新たな文字が書かれていた。
それは【好色泡姫】だ。
（あ……ああああああああっ♥）
忍びどもに抜かりはない。
あろうはずもない。
そしてナリカの肌にも、同じものが書かれていて――

◆7　泡のお風呂でご奉仕します♥

薬よりも呪術が恐ろしいのは、効果が続く限り、心まで変えてしまうこと。

それは淫力を持つ閃忍でも抗えないことを、ハルカは身をもって教えられた。

だから——【好色泡姫】となった二人は、風呂場に用意されていた「腹掛け」をそれぞれ身につける。

胸とお腹部分だけが隠せる、菱形の一枚布だ。

明らかに面積が足りず、どうしても布がぴんと張り、ぷくりと勃った二つの突起がよく目立つ。ハルカは横から乳房が半分こぼれていた。

それでもナリカとともに、恥じらいは覚えない。【好色泡姫】らしく「お客様」が来るのを待つ。

——ガラス張りの壁の向こうで、ついにガチャリとドアが開いた。

ＶＩＰルームに入ってきたのは「イスカリオテ」の社長と、もう一人。

ハルカもナリカも初めて見る、スーツ姿の細身の男だ。

「見かけどおりの潰れたラブホだな、一番いい部屋でもたかがしれてる。まったく」

年齢は三十代くらい。しかし年上の社長に向かい、横柄な口調で接している。

どうやらそういう力関係のようだ。

「この俺を、わざわざこんなところにまで付き合わせて……」

「それは申し訳ない。しかし、人目につかなくて都合が良くてね」

「フン。……『工場』もここか？」

「電気と水があれば『培養』は可能だ。まったく、あちらの技術を使っての『クローン』というのは、つくづく安価なものだよ」

「お前の、あの同じ顔をした手下どもには興味がない。薬の話をしてるんだが？」

「そっちか。使用濃度の見極めがまだ必要だが、レシピは完成しているぞ」

とん、と社長が自分の頭を指で叩いた。

「そのときがくれば本社のラインにのせて、すぐに量産が可能だな。必要な材料の手配はもう済んでる。そのためにも……」

「本社の無能どもを、今までどおり黙らせておいて欲しい、だろう？　わかってる。だからはるばる接待を受けにも来たんだ」

部屋と風呂場を仕切るガラス越しに、男がにやりと笑ったのがハルカにも見えた。

スーツのボタンを外し、脱いだジャケットをベッドの上に放り投げる。

「うちの株価もそうだが……甘い汁を吸えるのなら、楽しませてもらうさ。女を奴隷化できるほどの、特別な媚薬の効果ってヤツをな」

「たっぷり薬を吸わせて仕上げてある。楽しんでくれ」

社長が一人で部屋を去った。

(媚、薬……？)

風呂場まで届いた会話を、ハルカはつぶさに聞いていた。

しかし、自分たちに薬が使われたのは、確かエレベーター内の一回のみだ。実際に薬を吸い込んだハルカだからこそ、今は違うと断言できる。

ハルカとナリカがここで客を待っているのは、完全に【好色泡姫】の文字のせい。それを偽ってまで「イスカリオテ」の社長は何がしたいのか――？

残念ながら今のハルカには、そこまでの思考ができない。

風呂場の引き戸を開けて入ってきた、全裸の男を前に、ナリカとともにタイルの上で頭《こうべ》を垂れた。

「ハルカです♥　こういうの初めてなんですけど……たくさんかわいがってくれると嬉しいな、お・じ・さ・ま♥」

「……ナリカよ。言っとくけど私、エッチにはうるさいから♥　クソザコっぽく勃起させて、せいぜいへこへこ腰を振りなさいよね♥」

同じ【好色泡姫】となっても、ハルカとナリカでは仕上がりが違うらしい。

「なんだ……この文字？　フン、そういう趣旨か」

二人に書かれた【好色泡姫】の文字を見て、男はむしろ興が乗ったか。使い込まれて赤銅色になった先端を、ぐぐっと持ち上げた。

あの社長の、真珠入りのものほどではないが、真っ直ぐに長い。しっかりと傘が張って、雄々しく血管を浮かせている。

(すごい、あんなの……奥まで、挿れたらっ♥)

見ているだけでハルカの下半身がたまらなくなり、じゅんっと濡れた。

はふうぅ、と熱い吐息を漏らしたのは隣のナリカだ。

「それでは二人でご奉仕させていただきますね♥　おじさま♥」

「ほんと、ザコなんだから♥　もうそんなに勃っちゃって、すぐに射精《だ》すんじゃないでしょうね♥」

態度に違いはあるけれど、二人ともやることは一貫している。

ハルカが風呂場に用意されていた大型のエアマットに、シャワーで湯をかけ、温めた。

その間にナリカは風呂桶に湯を張って、ボトルに入っていたローションを注ぎ込む。

ちゃぷちゃぷちゃぷちゃぱちゃぱっ。

手早くナリカが掻き混ぜれば、いやらしい粘度に仕上がったのが音でわかった。

それをさっそくナリカは、自身の体に塗りたくる。菱形の腹掛けまでぐっしょりと濡れ、生地が透けた。

二つの突起の色までわかるほどに。

「ほらぁ♥　ハルカさんも♥」

「はい……♥　う、んっ♥」

ぬるり。ナリカの小さな手で、透明な液体が塗られただけで、ハルカは喘いだ。

ナリカがくすりと笑みを漏らす。

「ハルカさんったら、かわいい♥」

「あ、んっ……ナリカ、さん……♥」

くちゅ、ちゅっ、ちゅうっ。

どちらともなく腹掛けを擦り合わせ、ハルカとナリカは口づけしていた。

（ああ……ナリカさんの舌、ちっちゃぁい……♥）

唇を重ね、互いの口の中を舐める。

ナリカは積極的なキスに不慣れなようだ。ハルカの方がその舌先を搦め捕り、ねっとり責めた。

「ふあっ♥　ちゅぱっ♥　ハルカ、さぁあぁん♥」

「ねろんっ……ふふ♥　もう目がとろんとしてますよ、ナリカさんったら♥」

「おいおい、客は放置か？」

そこにずいっ、と差し出されたのは男の一物だ。

やはり長く、張った雁首が逞しい――

ハルカとナリカはどちらも、ごくりと喉を鳴らした。

「レズショーぐらいで物足りるはずがないだろ、ほら」

「……はい、おじさま♥」

「なによ、そんなに勃起させて♥　もうちょっと我慢できないのお？　まったくぅ、これだからザコは♥」

すっかりできあがったナリカの方から、男にしゃぶりついていた。先端を丹念にねぶったかと思えば、甘噛《あまが》みしてはちゅうちゅうとキスをする。

「あはあ♥　この味……もう我慢汁出てない？　これくらいで先走りが漏れちゃうなんて、ほんっとザコよね♥　ザぁコ♥　……あむっ♥」

「ああん、ナリカさんばっかりずるいですよ♥　私も一緒に……あーん♥」

れろろんっ。二人で一本の男棒を仲良く貪った。

ちゅぱっ、れるっ、じゅる、くちゅっ、じゅぱっ。

（あ、あああああ……臭いがっ、男の人の、臭いが♥）

――トキサダのとはまるで違う、脂ぎったもの。

そこにオーデコロンの匂いも混ざって、あの社長ともまた違う濃密な男臭さに、ハルカの脳がとろとろになる。もう懸命に牡茎を味わうこと以外、考えられない。

　裏筋を二人で責めれば、傘肉がびくびくと反応した。

「フン……なかなかじゃないか。お前たち、根っからの男好きだなあ？」

「んっ♥　やだ、おじさまったらあ♥　女の子なら、普通にみんな、おチンポ大好きですよ♥」

「ちゅぱっ♥　……この程度で気持ちよくなっちゃうクソザコが、なに偉そうに♥　そんなよわよわで、これ以上サービスしても耐えられるの？　んちゅっ♥」

「心配しなくとも俺は遅漏だ。たっぷり奉仕させてやるよ」

「では、どうぞこちらに……♥」

　ハルカとナリカが座り込んでいた、エアマットの上。そこはもう、二人から垂れたローションでぬるぬるだった。

「仰向けでも、うつ伏せでもどっちでもいいけど♥　ほら、さっさとしなさいよね、このザぁコ♥」

「おい、ところでお前。さっきから口が悪いぞ」

「な、なによ……？」

　いきなり男に凄まれて、ナリカがたじろぐ。

「接客態度が悪いと言ってるんだ、メスガキ！　だいたいお前みたいなロリガキに、この俺が昂奮すると思うか？」

どうやら本気で男は苛立《いらだ》っているようだ。エアマットの上に座り込み、あからさまに肉竿を萎えさせた。

「次にザコと言ったら、お仕置きしてやるからな。わかったな！」

「……ふぅん。そんなこと言っちゃうんだぁ♥　キモいよ、それ♥」

ナリカはまったくへこたれない。

「マジで怒ったの？　その歳で、こぉーんな若い娘にののしられて♥　ほんと、キモっ♥　ふにゃふにゃなのはただのザコだからでしょ？」

「お前……！」

「できるものならやってみせなさいよ♥　ザコザコザコ♥　ザぁコ♥　ほんっとザコ♥　ザーコっ♥」

「言うなって命じたのに、わざと挑発しやがったなァ？」

傍でハルカは、男が歯を剥き出しにしたのを見た。

明らかに女でも殴るタイプだ。鍛えられた閃忍に、一般人の拳程度でどうこうはできないが、それでもつい体が動く。

「待って、おじさま♥」

「む……なんだ」

「私が代わりに、たくさんエッチなご奉仕しますから♥　ここは、ね？」

後ろから、腹掛け越しにむにゅっとやわらかな乳房を押しつけて、男の動きを押し留める。ローションまみれの両手でさりげなく、前についているものを掴んだ。

硬さを失いかけた陰茎をにゅるにゅるとしごけば、すぐに頭が起き上がってくる。

「おふう……！　お前の方は、わかってるなっ」

「ありがとうございます♥　ちゅっ♥」

ついでに男の背中にたくさんキスをした。

ちゅうちゅうと吸い付くと、嬉しそうに男がわななく。

「おおうぅ、見た目は清楚なのに、なかなかにビッチじゃないか。それに比べてガキの方は、まったく……」

「ねえねえ。よわよわのクソザコさんっ」

しかしナリカは懲りていない。楽しそうにまた、男をザコ呼ばわりする。

一度はハルカの手の中で、勢いを取り戻した肉竿も――明らかにしぼんでいく。

「この俺相手に、いい度胸だなあ。このメスガキがッ！」

けれども、くちゅりと滴る音がした。

ナリカがマットに寝転がると、小ぶりな尻を持ち上げて、大事なところを指で割った。

ぽたぽたと愛液がこぼれ落ちる。

「……お仕置き、しないの？」

四つん這いの格好で振り返り、ナリカが瞳を潤ませる。

濡れた陰核の皮まで剥いて、ぷくりとした尖りを晒した。

「ねえねえねえ♥　いっぱい私、ザコって言ったよ♥　ねええン♥」

「お前……そうか、そういうことか！　フハハ！」

どうやら機嫌は直ったようだ。男の分身がみるみるうちに棍棒と化した。

ハルカの手を振りほどき、ナリカの尻肉を乱暴に掴むと――

「おらっ！　わからせてやるよ、このメスガキが!!」

ぐぽんっ!!

「か、はッ～～～～～～～～～～～～♥」

ナリカの細い腰が浮いた。男の長い一物が、一気に挿入されたのだ。

奥まで達して、硬い先端が子宮口をノックしたのか。ナリカがそれだけで果てたようで、がくがくと足が揺れた。

「フハハハハ！　なんだ、もうイったのか!?　お前の方がザコだったな！」

「は、はいいぃぃ♥　ナリカのおまんこ、クソザコなのおぉ♥　簡単にわからされちゃったのおお♥　ごめんなさいいいッ♥」

ぬちっ、ぬこっ、ぬっぷ、ねぷぷっ。

ナリカが自分から尻を擦り付ける。

「ふああっ♥　おちんちんっ、気持ちいい～～～～♥　カリっ♥　カリのところが、引っかかるのお♥　これいいっ、わからされるう♥　ナリカ、子供みたいなのにっ、大人ちんちんでわからされてるうう♥　あはあンッ♥」

「ぐうっ、こっちの具合はいいじゃないか……こいつ！　フハハ、締まるぞ！　ほれ！」

パアン！

「きゃうッ♥」

男がナリカの白い桃肉に、真っ赤な手形をつけていた。

痛烈な一撃に――挿れられた秘裂からは、じょびっ、とだらしなく潮が漏れる。

「あはあ～～～～♥　いいっ♥　いいよお～～♥」

「ケツを叩かれても感じるのか。こいつはとんだメスガキだ！　それッ！」

パアアン‼

「あっ、ぐう♥」

もう一発、逆側の尻に紅葉跡を刻むとともに、男が激しく腰を振った。

ぱんぱんぱんぱんぱんぱんぱん、ぱんぱんぱんぱんぱんっ！

力任せの打ち込みだ。

ナリカの体にかかっていたローションがすぐ白濁し、エアマットのビニールと擦れた音を、風呂場にいやらしく響かせる。

くっぷくっぽ、ぬっぽねっぷ、ねっちゃ、くぷっ。

「ふあっ♥　あうッ♥　や、あっ♥　いっ♥　おちんちん、刺さるっ♥　刺さってるウ♥　しゅごいいいンッ♥　あ〜〜〜〜〜〜♥」

「いい啼《な》き声だ、フン！」

パアン！

「〜〜〜〜っ♥」

「まったく、好き放題にイクな、このメスガキときたら」

「は、はいい〜〜♥　お尻……じんじんして、またイっりゃのおお♥　ごめんらさいい〜〜〜♥　きゃう、ふッ♥」

突かれ、尻肉を叩かれるたびに、ナリカが甲高く呻いた。

男が遅漏というのは本当らしい。休まず動き続けても、一向に発射する気配がなかった。

――だからハルカも参戦する。

とろりとローションをすくい取ると、男の後ろからくっついた。

「失礼します♥　お・じ・さ・ま♥」

「うおッ？」

ぬるうり。

男の背中に押しつけたのは、腹掛け越しの乳房ではない。

ハルカの、糸を引くほど濡れた割れ目だ。

一番やわらかな貝舌を擦り付けて、男の背中を刺激する。そのまま硬い尻肉に降りて、男の腰の動きに合わせ、ぬちゃぬちゃと音を振りまいた。

ついでに後ろから手を回し、男の両乳首をこねるのも忘れない。

「んふう♥　あはあっ♥　おじさま♥　ねえ♥　ハルカも♥　交ぜてくださいませっ♥」

「フフン、いいだろう。ほれ」

ナリカの膣内《なか》を前後しながら、男が肩越しに指を差し出した。

くぷっ。ハルカはそれをたまらず頬張る。

男のごつい人差し指と中指を、性器に見立ててのフェラチオだ。

同時に、滴る淫泉と淫核を、男のふくらはぎに滑らせてオナニーする。

「んっ♥　はっ♥　あっ♥　ふっ♥　ああん♥　はあんっ♥」

ちゅぶ、ちゅばっ、ちゅぴ、くちっ。

たっぷりの涎を絡め、第二関節までしっかり舌で愛撫する。もちろん乳首を責める手は止めない。

「う、ふう」

男から甘い吐息がもたらされた。

（気持ちいいのですね……ふふ）

こんなことでハルカは喜びを覚えるようになっていた。

それが【好色泡姫】だ。

毛の生えた男のふくらはぎに擦り付ける、腰の動きが止められない。ぱんぱんになった肉豆を押し潰すたび、頭の中が真っ白に飛んだ。

ぬりゅっ、ぬりゅ、ぬちちっ、ぬちゃっ。

自分で出した淫靡な音に、いっそう夢中になりながら、ふんふんと漏らす鼻息で男をくすぐった。

「おい」

いきなり男は指を引き抜き、強引にハルカの頭を掴み寄せると、唇を奪った。

「んむんうっ♥」

ちゅぶぶぶっ、ぶばっ！

音を立てて、貪るようにキスをする。その間、もちろんリズミカルに尻を振り続け——

小柄なナリカを屈服させた。

「ああ、ああああ……♥　イぎゅっ♥　イっぎゅ、うううぅ〜〜〜〜……♥」

ぱちゃぱちゃぱちゃ。

大量の潮を小水のごとく噴き出して、ナリカはエアマットの上でぐったりだ。手足を投げ出し、真っ赤になった尻だけ浮かせ、がくがくと痙攣した。

「まったく……ガキが。もっと使い込んでから出直してこい！」

ぬぽんっ、と肉茎が引き抜かれる。

「あふああうンッ♥　……ご、ごめん、なさいぃぃぃぃぃい〜〜〜〜……♥」

ナリカはピンクの菊座まで晒した体勢で、エアマットに力尽きた——

男はまだ射精《だ》していない。ぎんぎんに勃てた熱塊を、今度はハルカの手に握らせた。

「ああ……硬いです♥　すごい、おじさまったら♥」

ぬっち、ぬっち、ぬっち、ぬっち、ぬっち。

ナリカの水っぽい愛液で濡れた表皮を、ハルカは丁寧にひねり上げる。

男はその動きに満足したようで、また唇を求めてくる。

ぢゅぽ、ぼぽっ！　とハルカの口から乱暴に唾液を吸った。

ちょっとした酸欠状態になるが、それがまたハルカの脳をとろけさせる。

「おい、手が止まってるぞ」

「あ……は、はい♥　すみません♥」

「キスだけで軽くイったか？　お前、やっぱりずいぶんとビッチだな」

「……あはあっ♥」

腹掛けの両脇から男の手が差し込まれた。ハルカのたわわな乳房を揉みしだき、薄い布の外側にぼろりとこぼす。

桜色の突起が二つとも露わになり、羞恥でいっそう先端が尖った。そこをこりこりと男の指がしごき立てる。

「あふうっ♥　やあん♥　おじさまぁ♥　そこっ、つままれたら……私いっ♥」

「胸の感度も極上だな。その清楚な見た目で、ずいぶん男をくわえ込んできたんだろう？」

「そ、そんなことは……♥　あっ、ん♥」

「どれ、こっちの口に訊いてみるか」

ぬぷぷぷぷぷっ。

「あっ、ああ――――――――♥」

するりと男の指が三本も、ハルカの秘裂に差し込まれた。すでにぐじゅぐじゅに濡れていた淫花は、あっさりすべてを受け入れる。

「おいおい、こっちは正直だな？」

がちゅがちゅがちゅがちゅっ。

いきなり陰核の裏側を、三本の指で掻き回された。

「っ――――――――～～～んあああっ♥」

透明な愛汁が飛び、男の手首まで一気に濡らした。

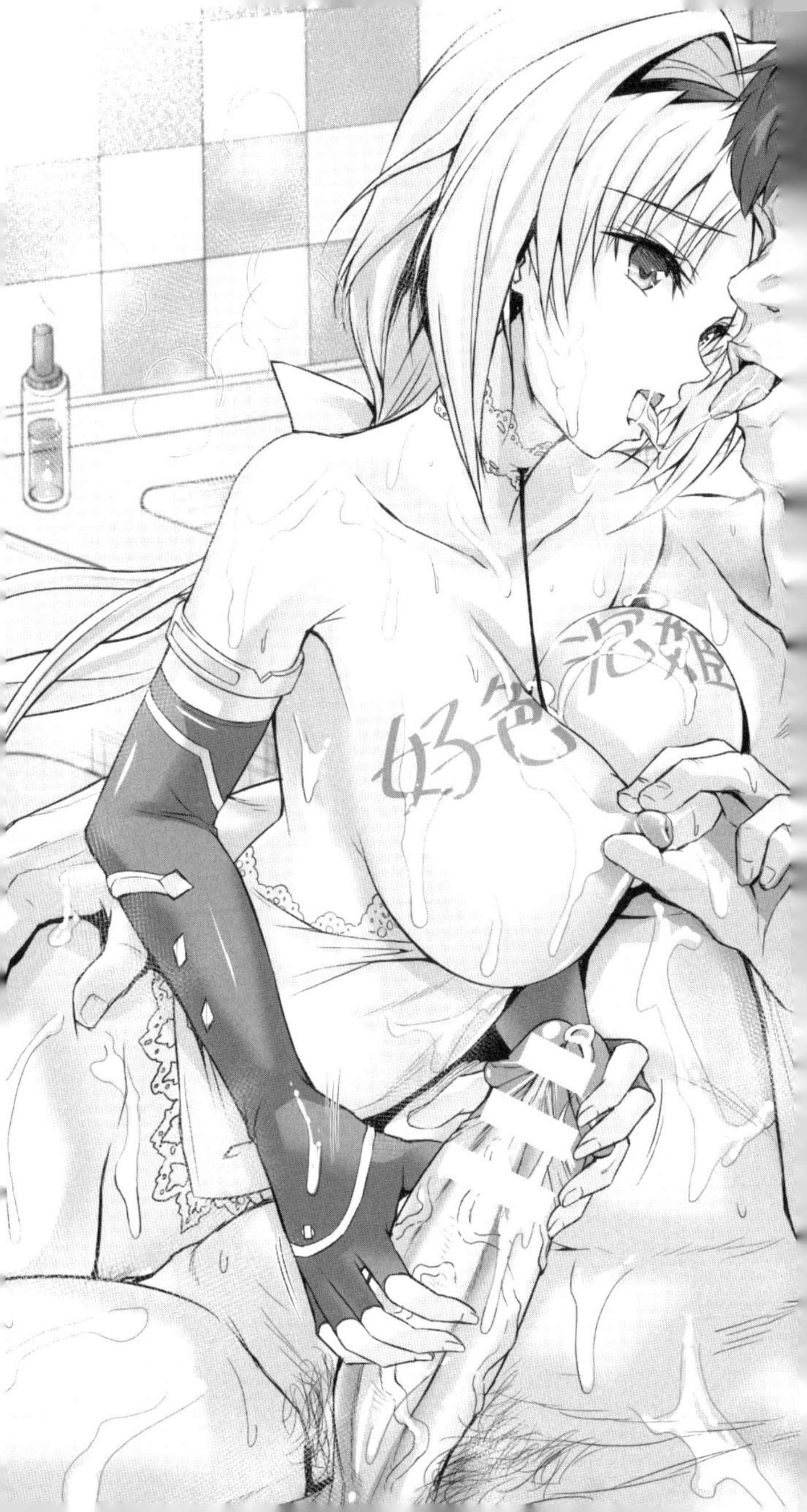

膝立ちしていたが足が崩れ、ぺたんとお尻を着けてしまう。

体の熱さに反して、風呂場のタイルはまだ冷たく、ハルカは思わず身震いする。

その振動さえ股間に届き、はうふっ、と切ない息に変わった。

「美味いじゃないか」

男が指を引き抜いて、ハルカの出した滴りをすする。

「もっと飲ませてみろ。いいな?」

「は、はい♥　では……湯船にどうぞ♥」

ハルカは【好色泡姫】らしく、ジャグジーに誘った。

エアマットに突っ伏して余韻に浸るナリカを残し、男とともに円形の浴槽に入る。

三人は入れるサイズの中央に、男は堂々と陣取った。

「はしたない格好で失礼します♥」

ちゃぽんっ。

張られた水面を揺らして、一度はハルカもお湯に浸かるが——大股を開く格好で、湯船の縁にしがみつく。

股間をお湯から持ち上げて、自分の大事なところをすべて、男の前に曝け出した。

(……くぱって、割れてる♥　見えてます、これ……全部っ♥)

「おじさま、どうぞ♥　ご堪能くださいませ♥」

男は満足げに笑った。

次の瞬間、眼前にあったハルカの淫門に、遠慮なくむしゃぶりついた。

「あっ、はあああ――――――――っ♥」

じゅぼぼぼぼっ、じゅびびっ、ぐぼぼっ！

下品な音とともに、熟れた蜜汁が吸い取られる。

直後、ぶちんっと鋭い痛みが走った。

「あう、あはあっ♥」

ハルカの下の毛が、男に噛みちぎられたのだ。

しかし痛覚も快楽に変わり、ハルカはよがり声を放つ。

「あああ……食べられ、ちゃいましたあ♥　私の、恥ずかしいお毛々があああ♥」

「フン、なかなかに美味いぞ。淫水の味が染み込んでてな」

くちゃくちゃと男はハルカの毛を味わい、本当に飲み込む。

（なん、て、こと……♥）

愛を感じた。この男はハルカのすべてを欲しているのだ。

――女としてこれ以上、誇らしいことがあるか？

だがそれは肉欲の愛だ。

（大、丈夫……！　わた、し、は……まだっ）

心の奥底でハルカは自我を保つ。ギリギリのところで耐えられる。

書かれた文字が【好色泡姫】だったから？

あくまでこの行為は泡姫としてのもの。浴室という限られた場所での、ひとときの恋愛に過ぎない。

（これは本当の、私じゃない、からっ。……終われば、それでっ♥）

「ねえ、お・じ・さ・ま♥　私のここ♥　膣内《なか》までしっかり味わってくださいませ♥」

本当にそうだろうか？

ハルカは結局自分から、めらっと肉ひだを割っていた。浴槽に体を浮かせて男を誘う。

「もうこっちが欲しくなったのか？　いいだろう」

ざばっとお湯の中から立ち上がり、男が長い一物を、開いた花孔に触れさせた。

来る、という期待感だけで入り口が、自分からちゅぷちゅぷと吸い付いていく。

（あっ、あっ♥　あ、あっ、あっ……♥）

ぐりゅうううううううっ。

「っ♥　はあぁあぁああああああああっ♥」

ゆっくりとハルカの花唇を押し割って、逞しい先端が貫いてきた。

ぐりゅっ、ぬりゅっ、ぬちっ、ねりゅっ、ぐぽっ。

「あ♥　はっ♥　ふっ♥　は、うっ♥　ふあうっ、んっ♥　ああ、ん♥」

その動きは、ナリカを犯したときとまるで違った。

じっくりとハルカの弱いところを探るように、肉厚な傘の部分で抉っていく。時折腰をぐるりと回して、鉄竿を蜜壺でねじった。女の体を知り尽くした責めだ。

指では絶対に届かない場所を、執拗《しつよう》にほじられた。

「もっ、もうイク♥　イグイグイグっ♥　イギますううううううううううっ♥」

簡単にハルカは達した。必死に浴槽にしがみついたまま、仰け反り、降ろした子宮で杭の頭を掴まえる。

「お、おおっ⁉　こいつは……！」

そのまま——すっかり緩んだ子宮口が、さらなる侵入を許した。

「あ……あ、ああああああ——————……♥」

挿入《はい》った。絶対に犯されてはいけない大切な小部屋まで、男の長い先端が。房中術のたまものだ。

その感触は相手も初体験だったらしい。

「おい、まさかこれ、子宮内か？　フハハハ！　絶対に挿入《はい》ってるぞ、これ！　ほれ、俺のカリがずこずこ引っかかってるぞ！」

「あうっ♥　あふう♥　ら、らめぇぇぇ♥　おじ、さま、ああっ♥　壊れたぁ♥　私っ、壊れちゃいましたぁあ♥」

「いいぞ、膣内《なか》に射精《だ》してやろう。……それっ！」

ぱちゃっ、ばちゃばちゃばちゃばちゃ！

半ば湯船に引きずり込む形で、男が激しく腰を打った。

そのたびに子宮を掘られ、ハルカはもう声も出せずに悶絶し——

「ぬお、おおおおおッ！」

びゅくく～～っ‼

ハルカの奥で牡竿が何度も脈動した。熱いものが、大量に注ぎ込まれているのがわかる。

穢された。たっぷりと。

でも、それが今は心地よい。

「……ああぁっ、あああああああああああぁ……♥」

「ふ——……なかなかよかったぞ」

男がハルカから離れ、立ち上がる。引き抜かれた男棒から、白液がこぼれて湯を汚した。

「あン♥　もったいないよお♥　れるんっ♥」

それを横からくわえ込んだのは、回復して湯船に身を乗り出してきたナリカだ。

「お前……？」

「これ、ナリカがキレイにしたげるね♥　ぐちゅっ、じゅぱっ♥」

「フン……フェラだけは一人前だな。そのまま勃たせろ。また挿れてやる！」

「ふぁあい♥　じゅぽっ♥　ぐぽっ♥」

ナリカが一心不乱になって、男の一物をしゃぶり倒す。

その様子を湯船に浸りながらハルカは、快楽に痺れたまま見ていたが――やがて自分も参戦する。

奪い合うように二人で舐めれば、すぐに硬さを取り戻した肉茎が、ぐんと勃った。

「さあ、メスガキ。ぶち込んでやる！」

「うん♥　そのつよつよちんちんで、またナリカのこと、しっかりわからせてえっ♥」

湯船から上がり、エアマットに寝た男の上に、ナリカが自分から腰を下ろした。

ぬりゅりゅっ、ぬちゃっ、ぬぱっ、ぬぽっ、くぽっ。

「ん、はあアッ♥　こ、これええ♥　しゅごい、硬い、のおお～～～っ♥　しゅきいいいいっ♥」

「お・じ・さ・ま♥　私も……ちゅっ、ちゅっ♥」

ハルカは寝そべる男にキスをする。

やはり、じゅびびっ、と男はハルカの唾液を飲み干した。

――性接待を受けるだけあって、男の精力は絶倫だった。今度はナリカの中で果てたが、すぐに復活し、またハルカを犯す。

「ほうら、締めだ！」

さんざん三人でまぐわった後、締めに風呂場でハルカとナリカは、小水の掛け合いを強制される。

ちゃぱっ、ちゃぱぱぱぱぱっ。

「ああ……♥　熱い♥　熱いですっ、おじさまあ♥」

「おしっこ、出ちゃったよお♥　よわよわナリカはクソザコだから、言われたとおり、出しちゃってるよおお♥」

無様に尿で汚れた二人を、男はげらげら嘲笑った。

◆8　もう一人の閃忍

『ソーリー、トキサダ。今日も、収穫はナッシングだよ』

連日のようにダイビート指令室には、あちこちで情報をかき集めている君枝広大から報告が入る。

もっとも彼の情報網を駆使しても、ハルカとナリカの行方は掴めない。

『まだまだ余所を当たってみるよ。サムシング……何か引っかかればいいんだけど』

「頼むよ、君枝」

長官席で通信に出たトキサダは、落胆の声音を出さないよう注意した。

幸い、通信のやり取りには端末モニターやカメラを使用していない。音声のみだ。

示し合わせたわけではないが、お互いに落胆の表情を見せるのを、無意識に避けた――

というところか。

「ともかくいつも言ってるように、今度の敵は忍者集団だ。想破と同等の力量を持つと想定するなら、けっして侮れない。くれぐれも」

『オーライ、わかってる。僕のことも心配してくれてサンクス！　大丈夫、僕がやってるのはあくまで椅子の上でのジョブさ。体を動かす方は、得意なメンバーがいるだろ？』

「……ああ」

『そっちの方で動きがあったら、教えてプリーズ。こちらも探りを絞れるからね』

「わかった。引き続き、よろしく」

『オッケー！』

　通信が終了する。

　これが、ここ半月ほどの日常だ。

（予定されたXデーまで、あまり日はないというのに……）

　トキサダは椅子の背もたれを軋ませる。

　開発室の高円寺さやか博士は、召喚システムの稼働で大忙しだ。少しでも多くの戦士を、Xデーまでに調達するために。

　そして新たに得られた何人かの戦士も、ハルカとナリカ探索に24時間体制で出向いている。だがどう門市内を探しても、忍びどもの動向は掴めなかった。

（やはり、市外か……しかし）

　門市の外にまで捜査の手を伸ばすには、さすがに人員が足りない。

　ダイビートはまだできたばかりの組織なのだから。

「トキサダ」

同じく指令室に詰めていた副官ユーノが、あるものを持ってくる。プロテクトのかかったスティック型の記録媒体だ。

セキュリティを考慮して、重要事項をわざわざこうしてやり取りするようにしたのは最近のこと。ハガネ率いる殲・上弦衆という忍びの組織があると、知ってからだ。

現代の忍びはどこに潜むかわからない。

それこそこちらがまったく追跡できないほどに――

少なくとも龍の者の存在を拒むハガネは、トキサダを敵視していた。

ダイビートがことを進めるにも、慎重を期すのは当然の配慮である。

「新しいタイムスケジュールよ」

はい、とユーノが長官席の片隅にスティックを置く。

たかがタイムスケジュールに、オフライン？

トキサダはわずかに違和感を持つが。

「あなたにもわかっているだろうけど、そろそろタイムリミットだわ」

「！　それはっ」

タイムリミット――つまりは捜索に割くよりも、Xデーのために戦士たちを休息させなければならない。

その限界点がもう近づいていた。

「まだ少し余裕はあれど、ギリギリで組んだ予定に目を通しておいてね。これ以上の変更はさすがに無理があるわ」

「ユーノ、だけど……」

「わかっているでしょ。私だってこんなこと言いたくない。でも」

「……それを告げるのが副官の仕事、だな」

「ええ」

ユーノの表情はあえて、いつもと変わらない。

努めて平静でいようとしている。トキサダに代わって。

(俺は……情けないな、くそっ)

パン！

——指令室にいた他のスタッフが、つい一斉に振り向くほどの音が、トキサダの頬から鳴った。

自分の手のひらで、痺れるほどに痛打したのだ。

それが冷静さを取り戻してくれる。

「わかった。長官として、対応する」

「お願いね」

ユーノはようやく小さな苦笑を浮かべたか。しかしそれと悟られる前に、さっとトキサダに背を向け、離れていった。

トキサダは受け取った記録媒体を端末に繋ぎ、ユーノの作成した中身を見る。

(これは……)

獲得した戦士たちそれぞれの、チャージや休息、待機といった時間割のリスト。

もちろん全員分の名前が並ぶが――最後の二名にトキサダははっとした。

そこには、ハルカとナリカが「予備メンバー」として組み込まれていたのだ。

(……ユーノっ)

彼女もダイビート副官として、まだ諦めていない。現実的なリミットが、もうそこまで迫っていても――

本音では割り切りたくないのだ。トキサダと同じで。

しかし君枝の情報網でも尻尾を掴ませない相手に、どうすればいいのか？

(あのイスカリオテと繋がる……本社の線を、他にも探らせてはいるんだが)

結局今日も一日、また無駄に終わろうとしている。

指令室のスクリーンの半分は、あれからずっとあの「イスカリオテ」ビルを捉えていた。

爆破後から封鎖されたままで、誰の立ち入りもない建物が、すっかり夜に沈んでいた。

そろそろ昼間の捜索メンバーが、夜間のメンバーとの交代の時間だ。

「はい、こちらユーノ」

副官席でユーノがその応対をする。

いつも通りのやり取り——そのはずだった。

「えっ？」

彼女の声が裏返る。すぐにトキサダの方を向いた。

「トキサダ……チルカちゃんから提案が。もしかしたら二人を見つけられるかもしれないって！」

「なんだって⁉」

座っていたシートを跳ね飛ばす勢いで、トキサダは立ち上がっていた。


「ええと、つまりは、淫力なんですよっ」

——概要はすでに通信で聞いたが改めて、集まった開発室でチルカが切り出す。

任務から直帰しての、黒いカチューシャに学生服といった格好だ。

チルカは日頃、門市の学校に通っている。そのためこの姿の方が、街に紛れるのに都合が良い。ただ、ダイビートの制服に袖を通すトキサダやユーノ——それに高円寺さやかに囲まれていると、少し浮く。

それが緊張させるのか、一度は説明した内容につっかえた。

だから、同席したさやかの方が口を出す。

「閃忍ってのは、龍の者からみんな淫力を受けていて……だから、それを感じ合うことができるってのよね？」

ダイビートのカラーであるカーキのシャツに、白衣を羽織る若い乙女だ。

栗色の髪に眼鏡をかけていて、変化前のエスカレイヤーこと沙由香にそっくりな人物である。

それもそのはず。高円寺さやかは、異次元から招いた高円寺沙由香と同一の存在だ。

ただし超昂戦士ではない。

若くして、飛び級で博士号を取得した天才少女――いわゆるダイビートの頭脳だった。

「で、チルカちゃんやオウカさんってば、その反応を頼りにあちこち探り回ってたわけで」

そのさやかの根城《ねじろ》であるダイビート開発室は、彼女の管理する召喚システム「ビート・ポータル」の置かれている場所だ。

厳重な扉のついた、書類に埋め尽くされた部屋の中で、円形の台座が存在感を放っている――

直径2メートルほどのそこから、他次元の戦士たちが召喚されて来るのだ。

ただしいちいち調整が必要で、まだうまく機能していない。

次元を超えるエネルギー源となる、特殊な鉱石『蝶鉱石《ダイナライト》』も、脇にある棚に無造作に積まれている有様だ。

「私、整理してみたんだけど！」

だが虹色の輝きを放つ、その名のとおり蝶々の形をした蝶鉱石《ダイナライト》を三つ、さやかがひょいと掴み取った。

「この二つが、拉致されたと思われるハルカさんとナリカちゃんの二人ね？　そして一個の方が、チルカちゃんとしてっ」

ビート・ポータルの台座の上に、鉱石を二つ置く。

その傍の床の上を、さやかの手にした一つがうろうろした。

「同じ力を持つからこそ、引き合うと思ってたら……実はそんなことなかった、ってわけよ。うん！　さながらこの段差が、互いの相違性ってとこかな。つまり高さが違えば、近くにいても見えないわけで……」

「わかるような、わかりにくいような」

ついぽろりとトキサダがこぼす。

苦笑したのは隣にいたユーノだ。

「なんでよ⁉」

さやかが眼鏡の下で目を吊り上げた。

「単純な縦軸を使っての、サルでもわかる理屈だけど⁉　あー、そっか。私が天才過ぎるのか。きっとそうよね、うんうん」

（いや、蝶鉱石《ダイナライト》で例える必要がないんだよなあ）

ぶつぶつ言っているさやかはともかく、トキサダはユーノと顔を見合わせた。

そもそも、おおよその内容はわかっている。だからこそ、わざわざ開発室までやってきたのだ。

「トキサダから淫力を供給された閃忍どうしであっても、こちらの世界の者であるチルカちゃんやオウカさんとは、別の世界から来たハルカさんたちとは違う……という話よね？」

ユーノが副官らしく仕切った。

「そ、そうなんです！」

こくこくと、チルカが激しく頷く。

「チルカはてっきり同じだと思い込んでいました。装身しているときは、ちゃんと感じ取れていましたから。でも、今思いますと……！」

彼女は悔しげに表情を歪めた。

「……あの、ビルの地下。あそこに必ず、ハルカ様やナリカ様はいたはずです。なのにチルカは、かすかな残留淫力すら感じることができませんでした。いえ、だからこそ気付いたのです！」

「そーね。閃忍の言う淫力ってのは、水で簡単に洗い流せるような、物理的なもんじゃないもの」

さやかがまた、蝶鉱石《ダイナライト》を手に取った。

石の虹色の輝きは――くっつけ合うとまるで生きているかのように、不思議な波紋を煌めかせた。

「こんなふうに、淫力は波動するってわけよね。だからこそ逆説的に、物理的な作用は影響されないのに、ってことよ。うん！」

「チルカが感知できなかったからこそ、裏付けになったんだな」

「はい、頭領！」

やっとチルカが笑みを見せる。

――それが今回の、彼女の話の根幹だ。

では、ハルカとナリカの淫力を追跡できる者がいれば？

「そこで必要なのは、ハルカさんとナリカと同じ世界から来た、閃忍ということか」

「……あくまで可能性の一つでしょうけど、すがってみる価値はあるわ。トキサダ」

すでにユーノは準備万端だ。

壁に埋め込まれているモニターに触れて、とあるデータを表示させる。

「こちらがそれぞれ、ハルカさん、ナリカちゃんを召喚したときの観測データよ」

無数のグラフと数値が現れ――正直、トキサダには何のことかわからない。

「二つが類似する、ここの空間軸の周辺を探れば、おそらくは」

「うんうん、わかってるって！　もう座標軸の予測は算出してあるから！」

天才は別だ。一を知れば十に気付く。

モニターをタッチして、さやかが別のデータを呼び出した。

「たぶんこの世界が、閃忍たちのいる空間座標ってわけよね。その中で強い戦士の反応を捉えれば、召喚できるはずよ！　ちょうど扱いにも慣れてきたところだしね。この私にまっかせなさーい♪　さーてっ……やっちゃうよーん」

召喚システムであるビート・ポータルは、トキサダが未来から技術を持ち込んだものだ。制作自体は大天才であるさやかの父が手がけたが、その手ほどきを受けた娘に委ねられ、装置の起動準備が始まった。

さやかが蝶鉱石《ダイナライト》をまとめて掴み、他のいくつかと台座中央の穴に放り込んだ。合計10個の蝶鉱石《ダイナライト》が現在、一度の召喚に必要な個数となる。

カシュッ！

穴が閉じられ、台座自体が発光を始めた。取り込んだ蝶鉱石《ダイナライト》と同じ、虹色の輝きだ。

「ちょっと待ってねー。今回はピンポイントで狙い撃つわけだから、そこの調整に手間取るっていうか、ええい！」

タッチ式のモニターに貼り付き、さやかはあれこれ操作をしていく。

トキサダにユーノ、チルカは見守るのみだ。

(これが成功しても本当に、ハルカさんやナリカの居所が、すぐに追跡できるかどうかはわからないが)

「もっと早く、チルカが気付くべきだったんです……」

沈黙しているのに堪えられなかったのか、チルカが呟く。

「本当に、申し訳ありませんでした。頭領」

「……同じ閃忍だから、と捉えていたのは私たちも同じよ、チルカちゃん」

トキサダより先にユーノが応える。

「龍の者の力はあなたにも、ハルカさんたちにも、変わらず適合できていたしね」

「ああ。だが、言われてみればだな」

今になってトキサダも気付く。

この世界を救うために作成した、ビート・ポータル。それは近似の世界より、特別な力を持つトキサダから、チャージを受けられる希有《けう》な戦士を集めるもの。

その近さ故に、チルカに対してのナリカや、さやかに対しての沙由香といった同一存在も招いた。

(だからこそ勘違いしたんだ。確かに似ているんだが、違う)

顔立ちがそっくりでも――さやかはエスカレイヤーのように、戦う力を持っていない。

また沙由香の方は、天才的頭脳を持ち合わせていなかった。

それに、チルカも。

「頭領？」

「ああ、いや」

つい向けた、チルカのふっくらとした胸元からトキサダは視線を外す。

同一存在であるナリカの控えめなラインとは、明らかに異なるものだった。

（なんで俺は、そこから導き出せなかったんだ？）

己の愚鈍さに腹が立つ。

異なる世界から来た者は、やはり別物。

当たり前のことだったのに！

（……俺自身こそが、一番よくわかっているはずなのに）

トキサダはこっそり自嘲する。この体には、他に三つの存在を取り込んでいた。

龍の者「戦部タカマル」に、エスカレイヤーにチャージを施していた「柳瀬恭平《やなせきょうへい》」、それに色欲の力で神騎と共闘した魔王「央堂継彦《おうどうつぐひこ》」――

トキサダに共感し、特別な力を貸し与えてくれた、別世界の者たちだ。

だからこそ「融合」という形を取るしかなかった。

（本当の同一化というのは、そういうことだろう）

先ほどから、胸の奥がざわついていた。トキサダの中に取り込んだ三人が語りかけてくるのだ。

自分たちも気が付かなかったと、反省する声。トキサダと同じく後悔の念も混ざる。

だが最後には皆、一つの結論に辿り着いた。

まだ終わってはいない。前を見ろ。大切な女たちを救うために。

希望が少しでもあれば――絶対に逃すな。

（そうだ、俺は……！）

「よし来た‼　さぁ、回すぞお～～～～～～～！」

準備が整ったようで、さやかが喜色満面だ。

円形の台座が、今までにないくらい強い輝きに満ちていた。

「すっごい反応！　間違いないよ、これ！　うまく目標を捉えたと思う！　さすが私、天・才っ！」

ほら、とさやかが示したのは、モニター中央に現れたサインだ。

それはタッチ式のスイッチである。

「押す？」

最後の作業を、長官であるトキサダに譲ろうというのだ。

しかし手配は整った。誰が最後にスイッチを押しても、導かれる結果は同じこと。

トキサダは首を横に振る。

「いや、さやかさんがやってくれ」

「そう？　じゃ、始めちゃうよ。スイッチオン！」

シュイイイイイイイイイイン！

召喚装置は低い唸り声を上げながら、台座の真ん中を回転させる。

あっという間に加速して、がたがたごとごとかすかに震えた。世界が無理矢理繋がれる音だ。あふれる光が台座から、垂直に伸びた。

虹色の輝きが、ここにいるトキサダたちの目を穿《うが》つ——

その残光はいつも、羽ばたく蝶のようにも見えた。

「さあ来い♪　さあ来い♪　異世界人——！」

毎度のことながら、召喚のたびにさやかは子供のようにはしゃぐ。

確かに、通常の物理法則をねじ曲げた現象が、目の前で起きているのだ。研究者としては昂奮するしかないのだろう。

回転は急速に止まった。

あふれていた光が一転、収束し——人の姿を実体化させる。

輝きの消えた台座の上に現れたのは、藍色の装束を纏う、背の高い女だった。

「よっしゃ――――！　たぶん、大・成・功!!　さっすが私っ！」

――確かにさやかの言うとおり。

トキサダにも一目で、相手が閃忍だとわかった。

龍の者だからこそ変化《へんげ》姿であるならば、漲る淫力を捉えられる。

また、その格好からも明らかだ。襟元に覗くのは目の細かな鎖帷子。右手には、抜かれたままの刀を持っている。

「閃忍……！」

ユーノがそう漏らすと、チルカがはっきり頷いた。

世界は違えど同じ閃忍の彼女にも、装身後であるならばはっきりと判別できるのだ。

何よりも、その目つきには凄味があった。

美しい顔立ちの女性だが、戦士特有の鋭さがある。

突然の召喚にも動じることなく、彼女は素早く開発室を見回して、後ろで束ねた長い黒髪を揺らした。

さほど驚いた様子がないのは、ビート・ポータルの初期起動時に、協力者となる戦部タカマルへと「声」を送ったせいだろう。龍の者の力を借りるため、トキサダたちの現状をユーノが伝えたのだ。

そのタカマルの傍にいた閃忍ならば、基本的な経緯は知っていて当然。

実際にハルカもナリカも、召喚されてすぐ状況を理解し、龍の者となったトキサダを受け入れた。

「主殿」

だから現れた彼女も早々に、トキサダを真っ直ぐ見据えてそう呼んだ。

トキサダに同化するタカマルを感じてのことだろう。長身にそぐう、背筋に意識の通った立ち姿から、刀を収めて一礼する。

「閃忍、スバルと申します。この命……如何様《いかよう》にもお使いください」

「ああ。俺がダイビート長官、戦部トキサダだ。歓迎する」

話が早い。無駄口も叩かない。

鍛え抜かれた一流の忍びということが、それだけでも見て取れた。

ならば、主人であるトキサダが頼むのは一つだけだ。

「さっそくだが力を貸して欲しい、スバル！」

「御意」

是非もない、とばかりにスバルはいっそう頭を下げた。

♥

――あれから何度、「客」の相手をさせられただろうか。

どうやらナリカたち二人は、最初の客にたいそう気に入られたらしい。

それが評判になったのか、身なりのいい男たちが毎日のようにラブホテルへとやって来て、ナリカとハルカを弄んだ。

朝も、昼も、夜もだ。

「オラッ！　寝床に入ってろ、この肉便器ども！」

「は、はいいいぃ♥　ナリカは、卑しい便器ですううう♥」

そしてようやく一日が終われば――手下の覆面どもがナリカたちを連れてくるのは、建物の最上階だった。

そこにはなんと、屋根の一部がガラス張りとなった、ちょっとした室内プールがついていた。

接待用でよく使うVIPルームよりも豪華な、階段のついた部屋から上がれる場所だ。

このラブホテルで一番の売りだった設備だろう。

今は賑やかさはなく、月明かりだけが静かに差し込んでいる。

15メートルほどの全長のプールには、月光を反射するきれいな水は張られていない。

代わりに薄く黄緑に濁った溶液が、半分ほど満たされていた。そこには何人かの裸の男たちが、無数の管に繋がれた状態で沈んでいる。

たぶんどれも、覆面をした忍びどもと同じ顔だ。

（クローン忍者どもの、工場……）

ナリカはいつか、あの社長が口にしていた言葉を思い出す。

戦国時代から時を超えて来たハルカと違い、この世界と同程度の現代社会で育ったナリカには、クローン培養くらいはわかる。

細胞をそっくりコピーして、姿形の同じ生物を造ること。動物実験は何度も成功していたはずだ。

ここでクローン技術を使い、忍びどもは量産されていたのだ。

けれども体に【隷属便器】と書かれたナリカが、考えられることは一つのみ。

（プールの中でおちんちん、いっぱいだあ♥　あはあぁ♥）

そんなすぐ傍に作られたのは、高さ1メートル半もない、狭苦しい檻だった。

大型犬用のものを持ってきたのか。頑丈そうな太い柵に囲まれた、三畳あまりの空間だ。

そこに一応毛布が敷かれ、ナリカはハルカとともに毎晩ぶち込まれた。

じゃらんっ。

毛布の下の硬い鉄板と、首にはめられた枷から伸びる、ごつい鎖が擦れて鳴る。

肉便器の扱いにはちょうどいいのだろう。

鎖の先はもう一人の【隷属便器】と肌に書かれた、ハルカの首輪と繋がっていた。

「ご主人様ああっ♥　おちんぽ、もう今日はないのですか……♥」

薄暗い檻に入れられても、ハルカは毛布の上で寝転び、自分から両足を開いた。

仕事終わりということで――明日の接客のためか、ナリカとともに体は清潔にされていた。しかし自ら開いた割れ目は、ずっと淫らに濡れている。

それどころか花弁を奥までくぱっと開き、注ぎ込まれた白濁汁の残りを、とろとろと垂らした。

「あンッ♥　ハルカさん、もったいないよお～～♥」

じゃららっ、と鎖を引きずり、思わずナリカが飛びついていた。

ハルカの白い腿に挟まれながらも、男の精をちゅうちゅう舐め取る。

（イカ臭ああっ♥　でも……おいひい♥　おいひいっ♥　おいひいいいい♥）

「はああんっ♥　ナリカ、さんっ♥　そんなに吸っちゃ、私いいいいい♥」

ハルカの味と、牡の味とが混ざり合い、ナリカは夢中で堪能した。

舌先が柔肉を這うたびハルカが敏感に反応し、甘い蜜を分泌する。はっはっ、と熱い吐息を漏らした。

そのときにはナリカも、自分の股をまさぐっている。

ぷくりと硬くなった肉核を、お気に入りの皮オナでシコシコ責めた。すぐにぴちゃぴちゃと、水っぽい音が股間から滴る。

また今夜も二人で、毛布に大量の染みを作ることだろう。

覆面どもはにやにや笑って楽しむものの、社長に言い聞かされているのか、手を出してこようとはしなかった。

この檻は、もしかしたらナリカたちの拘束というよりも、連中の手出しを禁じるためかもしれない。

――ともあれ、男を欲する二人にはもどかしい。

女だけで慰め合い、疲れ果てて眠るまで貪り尽くすのが、すっかり日課となっていた。

(だけど……あぁぁ♥)

快感に脳を疼かせながらも、眠りに落ちる寸前に、ナリカは焦りを憶える。

(わた、しも……ハルカ、さんもっ。淫力、が……)

服もまともに着せてもらえない、劣悪な環境だ。

どうにか体が耐えているのは、二人とも閃忍だから。その身に淫力を宿していたから。

けれどもそれが尽きようとしているのを、ナリカは感じ取っていた。

いかに多くの男と情事を重ねても、彼らは龍の者ではない。戦部トキサダのチャージでなければ、淫力は補給できないのだ。

ナリカたちに限界が近づいていた。

それでも今はどうしようもない。

「……はあっ、ああ、うぅうんっ――――――――――～～～♥」

ハルカが果て、ぷしゃああっ、と最後に潮を吹く。

その温かさを顔面で受け止めて、溺れそうになりながらも、ナリカは喜びを感じる。ごくごくと飲み干しつつ、自分も牝豆の皮を剥いていた。

指先で、露出させた小さな尖りを強くつまみ――

「ン、ンあン～～～～～～～～～～～～～～～～～ッ♥」

がくがくと尻を揺らして絶頂に達し、ナリカの意識がすっと遠のく。

快楽の余韻に指を、自分の割れ目へと滑り込ませながら。

◆9　月影は再び輝く

そうして、何度目の朝を迎えただろうか。

（あ、あ……）

鉄の檻に淡い光が差し込んでくる。

ガラス張りの天井から届く、静かな陽光だ。裸の体の一部に日が当たり、ハルカは虚ろに覚醒した。

いつもの、体に書かれた文字の効果が最も薄まるとき――

しかしもう、意識がはっきりしない。

ついに残っていた淫力が尽きたのだ。

傍にいる、鎖でともに繋がれた全裸のナリカも同様か。

（……ナリ、カ、さ……っ）

ふくらみの小さな胸を呼吸で揺らしているのだけは、見えた。

生きてはいるが、お互いにぼろぼろだ。

「おい！」

牢獄から鎖を引かれ、覆面どもに無理矢理外に出されても、体がまともに動かせない。飲ませられた丸薬や水も、ナリカとともに、その場に吐き出す始末だ。二人そろって飲み込む力がもうなかった。

淫力でどうにか維持していた肉体に、これまで好きに犯されてきたダメージが、一気に跳ね返ってきた――という感じだ。

忍びとして鍛えられた体だからこそ、ハルカもナリカもまだどうにか生きているが、それがやっとという有様だった。

「もうゴミだな」

すっかり日が高くなってから現れた社長が、ぼそりと言ったのが聞こえた。

「まあ生身にしてはよくもった方か。いや、ちょうどいい頃合いだな……ようやく完成した薬で、使い捨てるには」

それから何をしたのだろう？

カッ！

突然、眩《まばゆ》い光が放たれたのを、ハルカはどうにか視界に捉える。

「オルタナ～チュ～ニング！」

気が付けば社長の姿が、あの白い巨体のバケモノに変わっていた。

（な……に、を……？）

「ボス！」

「おお、ボスが、またもや『サイエンフラスト』のお姿に！」

「サッサッサッ！　やはりフラスト化したこの体だと、思考がクリアになりますねえ。さてさて……我が媚薬、いや『奴隷化薬』を効率よく使う、合理的な方法は～！」

喝采を送る覆面どもの一人を、サイエンフラストと呼ばれたバケモノが指さした。

「そう！　忍びの呪術文字の効能と、併用するでありますよ！　命尽きるまで働く、こちらの手駒としてとことん搾り尽くすであります！」

奴隷化。

確かそれは、ハルカたちを泡姫として、最初の客にあてがったときにも聞いた言葉だ。

（それ、が、目……的？）

ハルカはようやく、そう理解した。

媚薬という名の、支配薬の量産――

それこそが、あくまで社長の計画なのだろう。量産体制がまだ整っていないせいか接待時には、忍びの文字の力でごまかしたが、レシピはとうに完成している。

バケモノと化した社長の体から生える、透明なチューブ。それらが不気味にわななけば、内部を黄緑色の液体が通った。

でっぷりと突き出た腹部も、フラスコのように透き通っていて、そこに液体が注ぎ込まれてぽこぽこと泡立つ。

——臭いがした。

動けないハルカでもはっきり感じることのできた、濃密な芳香だ。

（あの、ときの、っ……！）

ハルカの体が覚えていた。エレベーター内で吸い込んだガスの臭いだ。

間違いなくあの媚薬は、バケモノとなった社長が自ら精製したのだ。

その指先からぬるりと飛び出したのは、おそらく針の役目をする爪だろう。

「こやつらの持っていた名刺のダイビートとやらについては、結局……どうにも活動実態が掴めなかったでありますが。忍者どもと契約をする企業など、しょせんはうちのライバル会社であります！　こやつらは犯されても情報を吐かなかったが、送り返してやるでありますよ」

「ボス？　それでは、素直にくノ一どもを解放するので？」

「……何を言ってるでありますか。その書き文字も使ってこちらの傀儡にすれば、勝手に戻って中から破壊工作をする、という試算でありますよ。サッサッサッ！」

「おお、さすがボス！」

「ククク。我ら殲が出張る必要もないということ」

「では……文字には【悪堕】とでも入れましょうぞ」

動けないハルカたちに、覆面の一人がにじり寄る。

その手に握られているのはもちろん、赤黒い墨を含ませた一本の筆だ。

(だ、め……っ)

今の状態で、あの呪術文字を書き込まれれば、きっとすべてが堕ちてしまう。

しかし抵抗一つできない。

「オラ！」

また無理矢理、首輪に繋がった鎖を引かれ、ハルカはナリカとともに引きずられた。二人してプールの傍に並べられる。

筆先がナリカの方に迫った。

「あ……あ……！」

ナリカも意識はあるのだろう。いやいやと、わずかに頭を動かした。

(……ナリカ、さ、んっ)

だからハルカが意地を見せる。

あえて全力で身をよじり、逃げる素振りを見せた。

「こいつ、逃がすものか！　ククク」

あっさり標的がハルカに代わる。

一瞬、ナリカと目が合った。彼女からこぼれ落ちたのは一滴の涙だ。

無駄なあがきをしたハルカへの同情？

否。きっとナリカのために、ハルカのした意図を悟ってのこと。

けれどもハルカはかすかに笑みを返した。

最後まで――忍びは簡単に泣いてはいけない。堪えるべし。

（たと、え、淫力……が、尽きて、もっ）

ハルカとナリカは閃忍なのだ。

筆が触れる前に、覚悟はできた。強い意志とともに、ぐっと噛みしめるのは己の舌だ。

後は全力でちぎるのみ。

――仕える主に仇なすのならば、自らの命を絶つべし。

戦国時代に生まれたハルカだからこそ、躊躇はない。

ここで終わるのは無念だが、トキサダの、そしてタカマルの足手まといになるくらいならば。

ハルカが自死を選べばきっと、ナリカも続くはず。彼女もまた、時代は違えども同じ忍びなのだから。

（いつ、か、浄土で……！）

こんなときにも思い出すのは愛したタカマルと、トキサダの顔だった。

もう一度会いたい。会えたらよかったのに――

「……っ!!」

すべての想いを振り切って、ハルカは歯に力を込めた。

その寸前――屋内プールの真上を包む、ガラス張りの天井の半分が、いきなり斬れた。

♥

「ここから……切り刻みます！　ビートエンド・エスカレ――――ション!!」

ピンクの衣装を纏う戦士が、深紅に輝く光の鞭を派手に振るう。

その必殺の一撃で、廃墟に偽装されていたラブホテルの一画が刻まれた。

四階建ての角に位置する、ガラス張りの屋根の部分だ。鉄の骨組みごと断ち切られ、一瞬で崩落する。

そのときにはもう、赤い髪と黄色いリボンをなびかせて、超昂戦士エスカレイヤーは地を蹴っていた。

彼女は十数メートルはある高さを一息で跳躍し、すっぱりと切断した屋根部分からラブホテル内へと突入する。

門市から離れた、寂れた山中にある、西洋の城を模したラブホテル跡――

ここまでハルカとナリカの残留淫力とやらを追尾してきたのは、もちろん閃忍であるスバルのおかげだ。

そして天窓のある最上階部分で、ハルカとナリカを発見したのは、遥か上空から索敵した神騎エクシールだった。

その報告が来た瞬間、現場で指揮を執るトキサダは、エスカレイヤーに強行突入を命じていた。

『トキサダ、私も参ります！』

遅れて、トキサダの着けたヘッドセット型通信機にエクシールからの声が届く。

了承するより速く、六枚の翼を羽ばたかせ、青い聖鎧に身を包むエクシールが急降下してくる。

彼女もエスカレイヤーの後に続いて、そのままラブホテル内に飛び込んでいった。

「頼む！　……チルカとオウカは予定どおり、階下から攻めてくれ！」

トキサダは舗装の剥がれたラブホテルの駐車場内に侵入し、通信機のマイクに叫ぶ。

『はい、頭領！』

『任された。行く。どーん！』

スピーカー越しに、花のチルカと土のオウカの二名が応じた。

閃忍二人はトキサダの采配で、事前に建物の反対側に回り込んでいる。

直後、そちらから轟音が届いた。

ラブホテル内部へと侵入したのだろう。

『トキサダ！　周辺の封鎖には、うちのスタッフを回したわ！』

ダイビート基地に残るユーノから、サポートの連絡が入る。

ここは門市からは外れたエリアだが、車の通りも少ない場所だ。ユーノに任せればきちんと仕事はしてくれるだろう。

それよりも――

「主殿」

一緒に行動していた、忍び装束のスバルが何かを放つ。

それは右腕から射出されたワイヤーだ。

彼女はかつての戦いで片腕を失い、義手に換えているという。

見た目は生身の腕そのものだが、さすがは閃忍。ギミックを仕込んでいて、それを自由に駆使するようだ。

ワイヤーの先は当然、エスカレイヤーとエクシールが飛び込んだ、ラブホテルの最上階付近に突き刺さっている。

ほら、とばかりにスバルが左手で誘った。

「行くのだろう？　トキサダ殿ならば」

「……ああ！」

迷いなくトキサダはその手を掴む。

すると、ぐんっと体が引き寄せられた。

ワイヤーが巻き取られスバルの体が宙に浮き、一緒にトキサダも跳躍する。

（う、おおおっ！）

一息でスバルとトキサダは、建物の四階に到達していた。ワイヤーを切り離したスバルとともに、破壊された天井部分から中に落ちていく。

そこは屋内プールとして使われていたようで、緑色の水が張られた中に、ガラスや鉄骨の破片がすべて落下していた。

水中には何かがあったか、まとめてぐしゃぐしゃに潰れているらしく、緑の水を赤黒く汚す。

それらを避ける形で二人、プールの端に着地を決めた。

そのときにはトキサダより早く、スバルは長い黒髪を振り回して、周囲すべてを見渡していた。

「あれは……ハルカに、ナリカっ⁉」

「！　いたのか！」

トキサダも、スバルの視線を追って気付く。

15メートルほどのプールを挟んだ、向こう側だ。

そこに倒れているのは首輪で繋がった、全裸の乙女二人だった。

――なんてひどい姿だろう。一日で、何をされてきたかがわかった。

犯され、嬲《なぶ》られ、弄ばれ続けたのだ。

トキサダたちが救出に来る、この日この時まで。

「くそっ……ハルカさん！　ナリカ‼」

トキサダはスバルと一緒に駆け出していた。すぐに二人のもとに辿り着く。

だがここはもう戦場だ。

「まったく、なんでありますかあぁぁぁぁぁあッ！」

「うあっ⁉」

「主殿！」

いきなり建物の床が破壊され、飛び出してきた巨体があった。

(こいつは……！)

白いバケモノ。顔面は顕微鏡の対物レンズのようになっていて、くるくる回転している。

機械のごとき無機質な体だ。

そこには太いチューブが繋がっていて、ぐねぐねと蠢いた。

その正体を、未来から来たトキサダは知っている。

Xデーに襲来する宇宙からの敵『アルダーク』――その力により変えられた、元は人だったもの。

「サイエンフラスト！　フラスト化怪人、だと⁉」

「アレをご存じなのか、トキサダ殿は‼」

初めて相対する怪異を前に、スバルは素早く刀を抜いて構えたものの、動揺は隠せないようだ。

ああ、とトキサダは重く頷く。

「俺たちが戦うべき奴らの……おそらく、尖兵だ！　くそっ、やはり連中が関係していたのか！」

『サイエンフラストですって⁉』

通信を介して、本部にいるユーノからも驚きの声が届く。

『トキサダ、映像を記録して！　こちらでも解析するわ！』

「そんな余裕があればなっ！」

通信機に応えるのがやっとだ。

そもそもスバルの感覚を頼りに、ここまでどうにか辿り着けたが、いきなり戦闘になってしまった。

トキサダは指示を出すヘッドセット以外、装備していない。

だから戦況の把握も現状、ままならなかった。

屋内プールのあるこの空間には、激しい破壊の痕跡が刻まれていた。床だけでなく壁も一部が崩落し、隣の機械室のような部屋まで見通せる。

「はあぁっ!!」

そこから飛び込んで来たのは、一番手で交戦に入った赤毛の超昂戦士だ。

サイエンフラストを追撃し、短いスカートを翻《ひるがえ》して、鞭状にも使える光の刃を振るった。

新たに周囲を瓦礫に変える。

「ササ――――ッ！」

奇妙な気合いを発して、サイエンフラストは巨体を前に出す。

愚鈍なせいでエスカレイヤーの攻撃を何発も食らうが、かなり頑丈なのだろう。傷だらけになりつつも、反撃に太いチューブのついた肩を振り回した。

「あ、ぐうっ!!」

あのエスカレイヤーが防御に回る。真正面からカウンターを食らった形で、くの字に折れて吹っ飛んだ。

機械室の見える大穴の、その隣に――新たな穴が開けられた。

「……沙由香さんッ!?」

思わずトキサダは変身前の名を呼んでいた。

フラスト化怪人は手強い。

見た目どおり、人間を超えている。

いくら元祖超昂戦士というレジェンドであっても、一人で戦うには厄介だ。

「くっ……大丈夫ですか⁉　エスカレイヤー！」

大穴の向こう側では、覆面の忍びどもを、たった一人で足止めする神騎エクシールの姿が見えた。

神武ソル・クラウンの青き刃で、何人かを容赦なく切り伏せるが、それで手一杯か。エスカレイヤーの方へと向かわせないよう阻むのがやっとだ。

階下から侵入したチルカやオウカたちが、ここまで上ってくるのにもまだ時間がかかるだろう。

だからトキサダが決断する。

「スバル！　エスカレイヤーと、エクシールの援護に回ってくれ！」

ぎょっとスバルは振り返る。ここにはまだ、倒れたままのハルカとナリカ——それにトキサダがいるのに。

だが彼女は鍛え抜かれた閃忍だ。

「御意！」

忍びは、主の命令に従うのみ。

トキサダのもとから離れて、スバルが全力で駆け出した。

「ぬぬぬ？」

反応したサイエンフラストをするりとかわして、軽く刃を振るったものの、牽制に過ぎない。

スバルはそのまま奥へと疾駆する。エスカレイヤーの開けた穴へと飛び込んだ。

サイエンフラストの三つのレンズが、カシャカシャと回りながら、残されたトキサダを捉えた。

「ふーむ、ようやく計算が合ったであります。お前がダイビートとやらの、このチームのリーダーでありますね！　そしてくノ一の救出に現れたと……サッサッサッ！」

巨体を揺らしてサイエンフラストが笑った。

「ここを突き止めたのはさすが、というところでありますが、たったこれだけの数で襲撃とは！　しかも、まさか戦える手駒を傍から離すとは。計算違いも甚だしいでありますね！サーッサッサッサッ！」

サイエンフラストが重い足音を響かせて、ゆっくりと近づいてくる。

トキサダは動けない。

すぐ後ろに、倒れたままのハルカとナリカがいるからだ。

「………………」

絶対に退《しりぞ》かない。トキサダはただ無言で、二人を庇うようサイエンフラストに立ちはだかった。

「あ、う……」

「トキ、サダ……さ、ま」

ナリカとハルカが現状に気付き、わずかに呻く。

トキサダの身を案じてのことだろう。

無理もない。トキサダは閃忍でもなければ、神騎でもなく、まして超昂戦士でもないのだから。

だが、それでも――湧き上がる闘志がトキサダを動かしていた。

胸の奥で渦巻くのは、トキサダと融合している三人の感情だ。

許すな。守れ！

大切な女たちを！

「一撃で始末してやるであります！　ササ――ッ！」

嬉々としてサイエンフラストが、トキサダに襲いかかってきた。重そうな体躯《たいく》を活かした全力での突進だ。

かわせば当然、首輪の鎖で繋がったハルカとナリカは逃げられない。それを見越してのいやらしい攻撃だった。

しかし最初からトキサダには、回避をするつもりはなかった。

ただ真っ直ぐに、突っ込んできた白い怪異へと、握りしめた拳を放ち――

ゴッ!!

空気が揺れた。

拳一つで受け止めたトキサダが踏ん張る、プール縁のコンクリートに亀裂が入る。

直後、吹っ飛んでいたのは――透明な胴体を粉々に砕かれた、サイエンフラストの巨体だった。

「ぐえええええええええええええええ!?　ばっ、バカなあああああああああああああ!!」

悲鳴と緑の液体を撒き散らして、白い体が床を転がる。あわや、先ほど飛び出してきた穴に落ちるところだった。

ふう――っ、と拳を突き出したままのトキサダは、長い息を吐く。

その手を包み込んでいたのは、禍々《まがまが》しいまでの黒いオーラだ。

力があふれていた。

どうしても堪えきれない怒りによるものだ。

取り込んだ「央堂継彦」――凄まじき魔王の力である。

『……トキサダ！　あなた、まさかっ』

通信越しに、こちらの状況を掴むことしかできないはずのユーノが、察したようで声を裏返す。

「大丈夫だ、ユーノ」

トキサダは冷静に応えた。

この強さが諸刃の剣であることは、自分自身がよく知っていた。

魔王の力は圧倒的だが、人の身には過ぎたもの。使いすぎれば暴走を招く。

何より、トキサダの体がもたない。これは借り物の力でしかないからだ。

――だからこそトキサダは極力、自らを前線に置かないよう心がけている。

戦えない。

最前線で戦えば、自滅し、終わる。

これだけの戦闘力を秘めながら、皆のバックアップ専門なのは、そのせいだ。

（落ち着け……これ以上はっ！）

トキサダは拳を解いた。

黒いオーラが掻き消える。サイエンフラストに追撃をかけない。

今この状態で魔王のままに力を振るえば、きっと戻ってこられなくなる。

まだ本番であるXデーも迎えていないのに、ここで燃え尽きるわけにはいかなかった。

あの守り切れなかった未来を、今度こそ取り戻すためにも。

「なななな、なんでありますか！　そんなはずはないであります……！　ただの人間ごときに……何かの計算違いでありますッ！」

サイエンフラストが狼狽《うろた》えている。

とどめを刺すなら今しかない。トキサダは奥の、壁の大穴の向こうに目をやった。

エスカレイヤーは無事のようだ。スバルの手を借りて、立ち上がるのがちらりと見えた。

覆面の忍びどもと戦うエクシールは、まだ一人で奮戦している。

(片を付けるならば、俺か？)

やはりもう一度、魔王の力を振るうしかない。

そう覚悟を決めて再び拳を握ろうとした、そのとき——

「？　えっ」

囁きが聞こえた。それも二つだ。

ともすれば、ヘッドセットをした耳が聞き逃してしまうほどのもの。

けれどもはっきりとそこに、トキサダは意志を感じた。

サイエンフラストへと向かおうとして足を止めた、その後ろ。じゃららっ、とわずかに鎖の音が鳴る。

倒れていたはずの二人が、必死に身を起こしていた。

「ハルカさん！　ナリカっ！」

二人の閃忍は全裸で、ぼろぼろだ。トキサダの方に顔を向けるのがやっとという状態である。

それでも――二人の目はまだ死んでいない。

強く強く、龍の者へと訴えかける。

その意図を察したのは、やはりトキサダの中に、彼女たちの本来の主が溶け合っているからか。

「……わかった！」

決断よりも先に体が動いていた。その場で屈み込み、ハルカとナリカを順番に、抱え込むようにして口づけする。

どちらも熱く、舌を奥まで入れたもの。

それぞれがほんの数秒程度の、わずかな接触だ。

――それでも唾液を交わし合い、二人の口から熱い吐息が漏れ出ると。

「装……身っ！」

「天衣《てんい》ッ、霧縫《むほう》……！」

振り絞るような声が放たれた。

同時に、今チャージしたばかりの淫力が変換される。彼女たちの、戦う力に。

「ぬおっ⁉　ば、バカなあああ！」

サイエンフラストが驚愕《きょうがく》していた。

トキサダを守るように、すっくと立ち上がったハルカとナリカ。

その姿は眩いほどの光に包まれ、見事に変化していた。

二人の手で、首に絡んだ枷と鎖が簡単に引きちぎられた。ばらばらになって足下に散らばる。

黄色い装束を纏ったハルカが、両手にクナイを握りしめ、雷光を疾《はし》らせた。

赤い装束のナリカは、己の力で作り上げた真っ白な蛇を這わせる。それは瞬く間に、巨大な手裏剣の姿に変わった。

ぼっ、と手裏剣が、紅蓮の炎に染め上げられる。

「みんなまとめて燃えちゃええッ！　鋭《えい》・紅破旋空《こうはせんくう》!!」

「天雷よ……我が敵を撃て！　穿《せん》・四門五月雨《しもんさみだれ》っ!!」

雷撃が舞い——炎に包まれた手裏剣が飛ぶ。

それらはサイエンフラストの巨体を焼き尽くし、真っ二つにしていた。

「サ、サササ……おお……私の科学が……偉大な私が、こんなところで……っ」

全身を真っ黒に焦がした、サイエンフラストだったもの。

それはどうにか動こうとするが、縦に断ち切られたところから、ずれた。一気に巨体が崩壊する。

だが同時に、全身を構成していた物質が一瞬で、周囲の空気も巻き込むように収縮した。

「ショ――テ――ン！」

間抜けな断末魔に聞こえたが、それは果たしてサイエンフラストの声だったか？

それとも直後に弾けて散華した、粒子の漏らしたただの波長か――ヘッドホンをしていたトキサダにはよくわからない。

ただ、光となってサイエンフラストの体が消失したとき。

そこには全裸の、一人の中年男が倒れていた。

「……イスカリオテの社長か？」

トキサダはその顔を確かめて、記憶してある資料の中から、適合する者を思い出した。

――フラスト化した怪人が、撃破を引き金に、素材となった人間の姿に戻ることはわかっている。

そしておそらくもう、怪人化する力はない。

命に別状はないようで、口から泡を吹いていたが、ぴくぴくと反応はしている。

「主殿！　こちらもようやく片を付けたぞ！」

そこにスバルが戻ってくる。一足遅かったが、彼女の言うとおりだ。

壁の穴の向こうに見える機械室では、覆面の忍びどもをエクシールとエスカレイヤーが駆逐したところだった。

「……こっちも、終わった。えっへん」

さらにひょっこりと、ごつい手甲の爪を引っかけて、床穴から這い出て来たのは土のオウカだ。

もちろん花のチルカも続いて、階下から上がってくる。

「ハルカ様、ナリカ様っ！」

閃忍姿の二人を見て、チルカはみるみる涙を浮かべる。

が、それを忍びとしては恥だと思ったのだろう。桜色の装束の袖で慌てて拭った。

「お二方とも、よくぞご無事で……えっ？」

しかし、ハルカとナリカの体がふらつく。

その格好が全裸に戻った。

変化《へんげ》が解けたのだ。ぼろぼろの姿で床に倒れ込む。

「ハルカさん！　ナリカ！」

慌てて支えたのはトキサダだった。すでに、すぐ傍にまで近づいていたのだ。二人が限界を迎えていたのはわかっていたから。

何しろチャージできたのは、ほんのわずかな淫力でしかない。

やっと掴んだトキサダの腕の中で——二人の乙女はぐったりとしていた。もう瞼を開ける力もない。

「ユーノ！　救護チームをこちらに回してくれ！　二人を無事に確保した！　大至急頼む！」

トキサダは必死に、ヘッドセットのマイクに怒鳴った。

◆10　龍の者の役目

閃忍二人の救出劇から、あっという間に二日が経った。

「イスカリオテ……もしかして裏切り者《ユダ》を意味する名として、つけていたのかしら」

「ユダ？　聖書とやらに出てくる？」

「そう。裏切りの弟子、イスカリオテのユダよ。……なんてね」

毎夜にトキサダの部屋で行われる、いつものユーノとの二人の時間。

今宵は、二日かけて裏取りしてきた「イスカリオテ」の背後関係の話になる。

習慣で寝酒は用意したものの、グラスはテーブルに置いたまま、トキサダもユーノも口を付けない。

二人でベッドに腰掛けると、ユーノが7インチタブレットを操作する。

連動して壁に据え付けられた数台のモニターに、情報が映し出された。

「でも残念ながら、相変わらずあの社長からの情報は、今のところは期待できそうにないわね」

「そうか」

ユーノがモニターに表示したのは、薄暗い病室だ。

そこに寝かされているのは病人服を着た、あの「イスカリオテ」の社長だった。

動かない社長の口も目も、虚ろに半開きだ。

体に怪我はなく、人工呼吸器を付けるまでもないものの、48時間が過ぎてもこの有様だった。

――トキサダとユーノが知る限り、「アルダーク」の手で造られたフラスト怪人は、倒されれば元の状態に戻った。

今回はイレギュラーだ。もしかしたら怪人化の技術に、何かしらの不備があったのかもしれない。

時間が経てば、回復する可能性はあるだろうが――

(そういうものを事前に、人間で試すために……あの社長を使ったのかもな)

今になればそう思える。未来では知り得なかったことだ。

(……Xデーは唐突にやって来たわけじゃない、か)

どうやら満を持して敵も、Xデーのために虎視眈々と準備をしているのだろう。

いつから?　それすら判明しない。

その手はいったいどこまで根深く、この地に伸びているのだろう。

「協力関係にあった忍びについても、まだ把握できてないわ」

ユーノが次に映し出したのは、あのラブホテル内部の写真だ。

そこは連中のアジトとして使われていたものだが、調べることが多い割に、収穫がまだない。

覆面をした忍びどもは皆、死体となって短時間で腐って消えた。

「ハルカさん、ナリカちゃんの証言から……最上階のプールでは、クローンが培養されてたって話だけども」

ユーノがプール画像を拡大する。

落ちた屋根の鉄骨やガラス片をどかしてはいたが、そこにも何も残っていない。

やはりすべて、溶けてなくなってしまったのだ。

「細胞を培養する器材のみ押収したわ。でも、技術的にはこちらの世界のものと変わらないみたい」

「……人類が動物実験で、羊のクローンを作ったみたいに？」

「ええ、基本的には同じものだと、さやかさんが解明してくれたわ」

「となれば……たぶん、サイエンフラストの力でどうにかしていたんだろうな」

「そうね。ハルカさんたちは間違いなく、あの忍びが殲と呼ばれていた、とは言ってたけど……」

「聞いている。殲・上弦衆……少なくともあの、ハガネという頭領が関わっているはずなんだが」

そこはさすがに一流の忍びということだろう。影のように姿が見えない。

あるいは今回のケースは、殲・上弦衆としては末端の動きでしかなかったか。どことなくトキサダはそう感じる。

（クローンという形で、手下を貸し出していただけか……戦力増強の一つとしてイスカリオテを利用していたか。そんなところだろうか？）

とにかく憶測ばかりで、結局わからないことだらけだが。

「ともあれ今回の件は、イスカリオテの社長が単独で起こしたことのようね。ただ」

モニターが切り替わり、本社の重役たちの顔がずらりと並んだ。

「接待を受けた何人かの証言から、女性を奴隷化するための薬を作っていたのは、間違いないみたい」

証言、と簡単にユーノが言ったが、やり方はだいたい想像がつく。

今回の件で一番怒っていたのは、ハルカとナリカの仲間である閃忍のスバルだった。忍びの拷問に耐えられる一般人はいないだろう。

しかし、もちろん彼らが黒幕ということはない。

「……男は殺して、女は慰み者に。『アルダーク』のやりそうなことだ」

「そうね。甘い汁を吸ってた連中も多そうよ。それについては君枝くんの方で、効果的に手を回すそうだけど」

ようやく、軽くユーノが笑った。

君枝広大のことだ。その気になればあの製薬会社の株を買い占め、役員連中を引きずり降ろすくらいはするだろう。

「この時代の人のことは、彼に任せればいいさ。俺たちの仕事じゃない」

「そうね。後は……」

ユーノの口が重くなった。

理由はトキサダにもわかっている。

収容した、あの閃忍二人の容態だ。

「ハルカさんとナリカは？　体の傷は癒えたんだろう」

「ええ。報告したとおり、うちの医療チームにも、治癒の力を使うメンバーがビート・ポータルで来てくれたから」

「なら、なぜ面会謝絶が続いてるんだ？」

トキサダは話の核心に触れた。

実は彼女たちを救出して以来、トキサダはまだ二人のもとに足を運ぶことができないでいた。

阻んだのはユーノだった。

最初は本当に、見舞いに行ける状態ではないからだ、と思っていたのだが。

「そうね……いくらなんでも、あなたに隠しきれないわね」

観念したユーノがモニター映像を切り替える。

二つに分割した画面に映し出されたのは、ハルカとナリカそれぞれの個室か。

先ほどの社長の病室と同じく、カメラで捉えたリアルタイム映像らしい。

「ショックを受けないでね、トキサダ」

『あっ♥　はあっ♥　ふうんっ♥』

ランプだけが灯されたベッドの上で、裸のハルカが自分の胸をいじっていた。股間でも細い指が這い回る。

くちゃくちゃくちゃくちゅくちゅっ。

感度のいいマイクが、いやらしい音まで拾っていた。

「……！　これはっ？」

『あっ、あああアア～～～♥　漏れちゃうっ♥　また漏れちゃうよおおおンッ～～～♥』

ナリカも同じだ。ちょうどカメラの方に向かって、一心不乱に陰核をしごきながら、ちゃぱちゃぱと潮を漏らす。

薄暗い中でも、ベッドのシーツにたくさんの染みがついているのがわかった。

「あの二人、いったい⁉」

「体は治ったのよ。でも問題は心の方。忍びどもに精神操作の術を長らくかけられていたようで……あれからずっと、起きているときは自慰にふけってるの」

ユーノがモニターを切った。

持っていたタブレットを、ベッドの隅に放り投げる。

「世話係の接触にも、注意が必要な状態よ。男女問わず睦《むつ》みごとに誘う始末だから」

「そんな……」

「だから、なの。それこそトキサダが接触したらどうなるか」

ダメ、とユーノが悲しげに首を振った。

「きっと時間が必要なのよ。とにかく、まだ」

けれどもトキサダは――

「いいや。それは、俺の役目だ」

「トキサダ？」

「俺はダイビート長官で、龍の者だろ。ユーノ」

「！」

「閃忍の心に触れられるのは、俺しかいない」

息を呑むユーノに、トキサダははっきりと告げた。

「……できるの？」

「この体が知っている。龍輪功はただの、肌の重ね合いじゃない」

トキサダは転がっていたタブレットを掴み、ユーノに渡す。

「スケジュールの調整を頼む。丸一日時間が欲しい。二人のために」

「トキサダ……わかったわ」

もうユーノも副官として従うのみ。

すぐにタブレットにタッチして、操作を始めた。

「24時間の確保は、難しいわね。その後がハードワークになるわ」

「ユーノ。俺だけじゃなくて、他のメンバーのも調整頼む。イスカリオテの調査に回してる人員を、すべて引き上げさせていい」

「それは、構わないの？」

「どうせ調べがつくより先に、Xデーが来るさ」

調査結果など、やがて意味がなくなる。

むしろこれ以上、無駄に時間を浪費することこそ、殲・上弦衆の狙いかもしれない。忍びとはそういう状況さえ利用する、したたかさを持つものだ。

ならば、イスカリオテの件をここで打ち切るのが最善手のはず。

「……そうね」

ユーノも決定に逆らわない。彼女は最後の判断を、必ずトキサダに委ねる。人のことは人が決める。

――人でない身だからこそ、そう決めているのかもしれない。だからこそ彼女はあくまで副官で、トキサダがダイビートの長官なのだ。

「きっとトキサダの判断は正しいわ。何とかしましょう」

「頼む。後は、ハルカさんとナリカを同じ部屋に集めてくれ」

「っ⁉　無茶よ、トキサダ‼」

さすがにユーノの手が止まる。

「普通のセックスじゃないのよ⁉　あなたが行うのは、それこそ人の理を越えたチャージで……！」

「それくらいやってのけるさ。二人まとめてなら、時間の節約にはなるだろう？」

トキサダは譲らない。何としても一刻も早く、二人の閃忍を正気に戻すために。

♥

「はああっ♥　あふああっ♥　そんな……そんなに、乳首ばっかり舐められたらあああああっ♥」

「れろっ♥　はぁあ♥　ハルカさんのおっぱい、甘いよおおお♥　ちゅばっちゅばっちゅばっ♥」

何の説明もなく、ハルカが連れてこられたのはなんと、ダイビート基地の外。

門市で一番の高級ホテル、その最上階――いわゆるロイヤルスイートだった。

いつかのラブホテルのＶＩＰルームなど問題にならない、広くて清潔な部屋だ。

アジアンテイストで飾り立てられ、壁一面はガラス張りになっていて、門市の街並みが一望できる。

しかしハルカはそんなものより、一緒にやって来たナリカと、キングサイズのベッドの上で求め合っていた。

すぐさま互いに服を脱ぎ散らかすと、ハルカはナリカに押し倒され、乳房をしゃぶり倒される。

「んはあっ♥　あああぁあああっ♥」

二つの白い胸が餅のようにこねられて、伸ばされ、ねぶられた。

――性接待のときや、忍びどもの乱暴なだけの愛撫とは違う。痛みが快感に変わるギリギリを知る、女だからこその愛し方。

れろれろ、ちゅぶっ、かぷっ！

「あううんっ♥」

乳首に軽く噛みつかれ、ハルカはベッドで背中をよじった。

しかし、やられっぱなしではない。

腰を浮かせればちょうど、小柄なナリカと割れ目どうしが合わさった。

逃すまいと両腕で、相手の小ぶりな尻を押さえ込む。絡むのはお互いの、ぐちょぐちょに開いた赤貝だ。

欲望のままにグラインドすれば――

「あはあンッ♥　ハルカさ……それイイっ♥　クリちゃん、クリちゃんがあああ～～～♥」

「ナリカさん♥　ナリカさんっ♥　ナリカさああああんっ♥」

肉ひだどうしを擦り付けて、いっそう二人で快楽に溺れた。

（私っ、あああ、私いいっ……！）

こんなことしてちゃいけない。心のどこかでハルカはそう思うのに、自らの意志ではやめられない。

ナリカもきっと同じだろう。ハルカの谷間に顔を埋め、一心不乱に腰を振る。

だから二人とも閃忍であるにもかかわらず――部屋にもう一人、誰かが入ってきたことに気付かなかった。

ぎしっ。

さすがにベッドを揺らした重みで、気配を感じる。

同時にハルカが感じたのは知った匂いだ。

「……あはあっ♥　長官さああああああん♥」

ナリカも顔を引き剥がし、現れた男を歓迎する。

（トキサダ、様……っ）

「最初に言っておくことがある。俺は今日、二人と……一線を越えるぞ」

ベッドに上がったトキサダは、もう全裸だった。

天を突くほどに怒張した立派な陰茎を、いきなり二人に突きつけてくる。

「俺の覚悟はもうできている。ハルカにナリカは、きっと流されるままだろうが、謝りはしない」

ハルカ。今、彼はそう呼び捨てた。それが本気の表れだ。

（あ♥　ああああああ……♥）

何よりもハルカの眼前に出された男根の、雄々しい臭気に心奪われる。

「素敵い〜〜〜♥　長官さんっ♥　女の子二人を犯す気まんまんじゃないですかああ♥」

さっそくナリカがだらしない顔で、トキサダの立派なモノをすんすん嗅いだ。

「ああっ♥　私も、私もおっ♥　ちゅっ、ちゅ♥」

れろりっ。にゅぷっ、ぷじゅっ。はむはむ。れろ、じゅぷっ。

ハルカとナリカは取り合うように、必死になって逞しい牡茎を舐めた。

張りのある傘肉を、味の濃い裏筋を、二人で唾液まみれにする。下になったハルカの顔面もべたべたになった。

「ああんっ♥　ハルカさんったら……すごい顔お♥　いろんなものが混ざって、ちゅぷ、ちゅぱっ♥」

「やん♥　ナリカさんっ♥　んふっ、もっと、舌を……♥　れろっ♥」

いつしかハルカは、ナリカと唇を求め合っていた。貪るようなキスをする。

気が付けばトキサダの男根が消えていた。

否――すぐに股間のやわらかな肉に、硬くて熱い先端が触れた。

「あっ♥」

「やんっ♥　長官、さん……♥」

ぬりゅううううううううううっ。

重なり合うハルカとナリカ。その二つの割れ目の隙間に、トキサダの滾る肉棒が差し込まれた。

どちらの膣内《なか》に挿れられたわけでもないのに、二人は声も出せなくなる。

ずちゅっ、ぬちゅっ、くぷっ、ぬぷぷっ、ぬりゅっ、ぷりゅっ。

二人の愛液が絡む狭間を、トキサダの分身が往復した。やわらかな花肉を掻き分け、ぷくりと勃った二つの肉芽をごりごり責める。

その動きは、容赦なく加速していき——

ぱんっ、ぱんぱんぱんぱん、ぱんぱんぱんぱんぱんぱんっ！

息ができなくなるほど激しくトキサダは腰を打った。ハルカとナリカの尻肉が叩かれ、揺れる。

（はあぁっ、あぁぁぁぁぁぁぁぁぁぁぁぁぁぁぁぁあ♥）

——昇っていく。頭の中が白くなるほどの、快楽の高みへ。

そこに熱い迸りが放たれた。

「ん、ぐっ！」

トキサダが唸る。逞しい陰茎がハルカとナリカの間で膨れ、びくんっと跳ねた。

火傷するほどの熱を持つ白い精が、たっぷりと放出されて——二人の腹を、胸を、顎《あご》まで汚す。

ものすごい射精だった。

「あ、あ……！」

「だめっ、長官……さん〜〜〜〜」

なんて濃い、牡の臭いか。

ぬるりと股の間から肉竿が引き抜かれても、二人は挟み込んだ熱い飛沫の香りに包まれて、はあはあと呼吸するので精一杯だ。

生臭くて、べとべとしていて、たまらなかった。

（なん、でしょう……？　こ、の、感じ……は？）

挿れられたわけでもない。飲まされたわけでもない。それでもハルカは痺れるように満たされていた。

それはナリカも同じようだ。

触れ合う彼女の鼓動と、トキサダから注がれた淫力が伝わる――

二人がいつしか忘れていた感覚だ。

目が合うと、確かにナリカの瞳には、取り戻した意志の光が宿っていた。

「あ……わ、たし？　長官さ、ん……？」

「……ナリカさん、正気に？」

「ハルカさんもっ」

閃忍だからこそ龍の者の精子の臭いで、我に返ったようだ。

濃密なイカ臭さにまみれながらも、二人でくすりと小さく笑った。

お互いにやっとできた、自然で素直な笑みだった。

「元に戻ったようだな」

トキサダも声をかけてくる。

そこに安堵の響きが含まれているのにハルカは気付いた。

「だが、完全回復とまではいかないだろう」

「あっ⁉　はっ、あっあっあっ！　長官、さんっ⁉」

びくくんっ、とナリカが反応する。その表情が甘く、とろけた。

二人の重なるベッドが大きくたわんだ。トキサダが覆い被さって来たのだ。

（え、えっ？　これって……！）

「一度射精《だ》しただけで、本気を出した龍の者が萎えると思うか？」

トキサダはナリカの膣内《なか》に、硬いままの肉棒を挿入したらしい。

「あっ！　ふあっ！　あアン！　あン！　はあンッ！　あああああ〜〜〜〜〜〜〜〜〜〜〜〜〜〜〜〜♥」

ぐぷっ、ぐぽ、ぬぷっ、ぷぽっ、くぽっ！

トキサダに犯されて、ハルカの上でナリカが前後にがくがく動く。

白濁汁にまみれた肌がよく滑り、二人の乳房が揉みくちゃになった。

一方的に男が快楽を貪る、抽挿のリズムだ。だが突かれるたびにナリカの表情が、目の前で喜色に彩られる。

（ナリカさん……すごく、気持ちいいのですねっ）

「あ〜〜〜〜っ♥　あア〜〜〜〜〜〜〜〜〜〜ッ♥」

（かわいい、ナリカさんったら）

ねぷっ。

「ん、んんン⁉」

ハルカに唇を奪われ、ナリカが驚く。必死に息を吸っていた口が塞がれ、酸欠にだらしなく目を剥いた。

けれども、いっそうの淫力の昂りをハルカは感じる。

——絶頂は突然やって来た。

ナリカの体が跳ねたかと思うと、ハルカの上からずり落ちた。

トキサダが彼女の内部に、二発目の精を放ったのだ。

「ふ——————……」

ぷりぷりの白液をこぼすトキサダの愚息は、射精しても垂直に勃ったままだ。

「あ、ア……アア♥」

ナリカの方は中出しの余韻に、シーツの上でびくびくと痙攣している。

涎まで垂らして、本当に幸せそうな顔だった。

「さあ、ハルカさん。次はそっちだ」

トキサダが今度はちゃんと、ハルカに敬称を付けて呼んだ。

しかしその目はぎらぎらしたままだ。女と男の汁にまみれた肉の鈍器を、ハルカの花弁にあてがった。

ぬちいいっ。

男と女の淫液にぬらぬらと濡れた先端が、強引に肉の花びらを掻き分けてくる。

(本気で、私を……！　ナリカさんみたいにっ)

ハルカはもちろん抵抗しない。

むしろ自ら股を開き、挿れやすいよう尻を浮かせば――

ずぷぷぷぷぷぷぷっ。

「ふあああああ――っ！」

一気に奥まで貫かれ、ハルカはそれだけで背を反らした。

(太い！　硬い!!　熱いいい――っ♥)

初めてねじ込まれたトキサダのものを、ハルカは全身で受け止める。

大きくゴツゴツした手のひらで、白い乳房が掴まれた。もう片方の手では腰をしっかり押さえつけて、肉の熱棒が振られる。

ずちっ、ちゅぶっ、ずちゅ、ずぷぷっ！

「ふあああっ！　ああっ！　ああああああ――っ！」

ハルカの体が、犯されて喜んでいた。粘ついた牡汁で汚れた乳首をくりくりひねられ、切ない吐息を短く漏らす。

――トキサダの指が、するりとハルカの菊門に滑った。

その先端がじっくりとほぐすように、蕾の周りを撫で回す。

(そっ、それは……⁉)

「や……ああっ！　トキサダ様！」

ハルカは思わず、彼の腕を掴んで阻む。

「その触り方は、ダメです！　だって、そんな、そんなのっ！」

「……タカマルと同じだから？」

「⁉」

囁かれ、ハルカはぞくりと感じてしまった。

トキサダの、こちらを見つめるその眼差しは――あの人にとても似ていた。

「俺の中の戦部タカマルが、ナリカだけじゃ満足できないらしい。今度はハルカさんを求めてるんだ。いいな？」

「あ……あ、あ」

「ハルカさんも我慢しなくていい。彼の名を呼んで、感じていいんだぞ？」

なんて甘い言葉だろう――

それがハルカの心の箍《たが》を、外した。

これだけは、外すつもりはなかったのに！

「ああっ、んっ……！　んんっ、くっ！　たっ、タカマル様……タカマル様あっ！」

「そうだ、それでいい。タカマルにだけ見せる顔で感じていいんだ。そらっ、ハルカさんの好きなとこっ……」

トキサダの竿の角度が変えられる。ぐりぐりと擦り上げるのは、Gスポットの少し外れ。膣の天井部分だ。

そのじれた責めに、ハルカは体をくねらせるしかない。

「んっ！　んんーっ！　んんーっ！　ふああっ、ん――――っ！」

「ここだろう、子宮口の手前側。イクまで突き続けてあげるよ」

ちゅくっちゅくっ、ずちゅっずにゅっ！

浅めだけれど執拗に、肉棒がハルカを虐めた。

「ああっ！　そこ、そこですっ！　タカマル様あっ！　好き！　そこ、好きですううっ！」

切なさにハルカは喘ぎ、身をよじり、濡れた。男の動きに腰を合わせる。

ぱんっ、ぱんっ、ぱんっ、ぱんっ、ぱん、ぱんっ！

肉のぶつかり合う音がするたび、ハルカの中がひくひくと収縮した。締め付けながらも奥が開き、子宮口でキスをする。

「あああっ、あああ――――っ♥」

房中術を意図して使っているのではない。

完全に、牝が牡の種を求める本能だった。

「ああっ、あああっ！　はうううん――――――っ♥」

「そろそろ膣内《なか》でイきたいのか？　ハルカさんっ」

「は、はいっ……はいい！　イきたいです！　イかせてくださああいっ！」

「じゃあもっといやらしい言葉でお願いしてごらん。ナニで、どうイかせて欲しいのか」

「あっ……んっ、そ、それはあああ……っ！」

「言えないのかな」

ぬぷぷぷっ。

「あ、ああ――――――っ♥」

ハルカが言い淀んだ途端、後ろの穴に指が挿入《はい》った。簡単にくわえ込んだ内側を、くぽくぽと掻き混ぜられる。

「あぁっ！　言いますっ、言いますう！　……タカマル様のご立派なモノで……淫らな私を、たくさん、イかせてくださいっ!!」

「よくできました」

「あ、あああああっ♥」

パンッ、パン、パンパンパンパンパンパンパンパンパンパンッ！

トキサダのピストン運動が速度を増した。菊門に挿れられた指も、奥まで乱暴にこじられる。

「ひぐううううう――――――――っ♥」

前と後ろの穴を抉られ、ハルカは子宮口をだらしなく開く。

いつぞやのように、許してはいけない小部屋にまで雄々しい男根の先を受け入れた。

女として屈服し――しかし今回は、止めどない多幸感が脳髄で爆ぜていた。

(欲しいっ♥　この人の……せーし♥　せーし欲しいのっ♥　いっぱい、射精《だ》してぇっ♥)

「イク！　イきますっ、すごいのきてるのおおっ♥　たくさんっ、ハルカの奥に……新鮮な子種をぶっかけてくださあああああい!!」

「く、おおっ、あああっ……！」

ドビュッ、ビュルルルルッ、ビビュルルルルッ！

「ああっ！　はああああああああああ――――――――〜〜〜〜っ♥」

口を開いたハルカの奥深くに、たっぷりと愛しい汁が注ぎ込まれる。

「あっ……ああっ……あぁ……♥」

三発目なのにすごい量だ。ぬぽふっ、と尻穴から指が抜かれたが、トキサダの肉茎はまだすべてを吐き出そうと脈動する。

それすらハルカの絶頂を押し上げ――はふはふと喘いだ。

(いっぱい♥　いっぱい、ですぅ♥　タカマル様っ……)

あまりに気をやりすぎて、ハルカの意識が遠ざかる。

隣でまだぐったりしているナリカと同じだ。――これまでの陵辱とはまるで違う、情熱的な愛に満たされていた。

けれども、これで終わりではないらしい。

「まだだ。ハルカさんとナリカには、枯れた淫力をとことん補充してもらう」

トキサダの声が聞こえた。

ずるんっ！

「あううんっ♥」

膣から一物を引き抜かれ、ハルカは切なく啼いた。

未だに硬さを失わない肉棒が、再びナリカに向けられる。

「ほらナリカ。俺の中のタカマルは、まだ愛し足りないと言ってるぞ」

「は……はああああい♥」

返事をした小柄なナリカは、ベッドの上で軽々とトキサダに抱えられた。

そのままハルカのおぼろげな視界で、駅弁ファックが繰り広げられる。

ぎしっ、ぎしぎしぎしっ、ぎしぎしぎしぎしっ！

「あううンッ♥　しゅごいっ、しゅごいよおお〜〜〜〜♥　オモチャにされてるっ、私いいい♥」

ぽたぽた落ちる愛液の匂いも、揺れるベッドの振動も、今のハルカには心地よい。

すぐにまた自分の番が回ってくるはずだから。

この日、結局ハルカとナリカは、窓の外が暗くなり――次に明るくなるまでずっと、トキサダとまぐわい続けた。

最後の方はさすがに二人とも、ベッドから起き上がれなくなる。

腰や足に力が入らず、最初のときと同じように、裸のままだらしなく二人で重なり合っていた。

「そら……これが、フィニッシュだ！」

トキサダはそこに容赦なく、最後の精をぶちまける。

本当にこれが最後なのかと疑わしいほどの白濁液が、ハルカとナリカの髪を、顔をどろどろに汚した。

しかし、けっして嫌じゃない。

「……あぁ、ああああああああ……タカマル、様あぁぁぁっ……♥」

「しゅきいい～～～♥　長官さぁあああン～～～～っ♥　あはあうン♥」

かけられた精子の熱が引くまで、二人は舌で互いを舐め回し、牡の味がするキスをした。

――漲る淫力を感じながら。

◆エピローグ　始まりの戦い

そして、ついに門市にXデーが訪れる――

「来たか！」

正確な時刻には誤差が出る可能性もあるため、トキサダはいざというときには自らも戦えるよう、街に紛れる私服姿で朝から門市内に出ていた。

ダイビート基地で、上空から接近してくる飛行物体を感知し、予定していた警報が鳴る。

ウ～～ウ～ウ～～ウ～～ウ～！

『緊急放送、緊急放送。こちらはダイビート、こちらはダイビート。門市の皆さんに避難のご案内です』

澄み渡った空の下、街中のスピーカーを震わせて、ユーノが警告を届けた。

『現在この街に、宇宙からの侵略者が接近しています。市内で戦闘が発生する可能性があります。速やかに自宅、もしくは近隣避難所に避難してください』

それは何も知らない市民にとって、あまりに突飛な話だ。

しかし事前に聞かせていても、どれほどの人たちが信じただろう？

だからダイビートは慎重にことを進めてきた。

最初の標的となり、激戦の場所ともなった門市には、あちこちにシェルターを用意している。警察はもちろん、政府とも連携了承済みだ。門市内に在住、または通勤する者のスマートフォンには、あらかじめ専用のアプリが仕込まれ――警報と連動し、最寄りの避難経路を案内する。

それでも何かの事件をでっち上げてでも、市民の事前待避を手配できなかったのには理由がある。

――「アルダーク」は人を襲う。

奴らの母艦は地上まで降りてこない。

遥か空の高みから怪光線を照射して、戦うだけの量産兵を大量に送り込んでくる。

またその光線を浴びれば、人の多くは石に変えられた。細胞そのものが変質させられてしまうのだ。

そして中には完全に変異し、怪人化する者も出る。「アルダーク」の手駒として、身も心も生まれ変わってしまうのだ。

だから「アルダーク」は人の少ない場所を狙わない。門市から市民が出払ってしまえば、きっと余所を標的にするだけ。

そうなればトキサダとユーノの知る、侵攻初期の流れから予測が立てられなくなるだろう。

もちろん最悪の結末を回避するために、ダイビートを作ったわけだが。

(最初の戦場ではどう対処しても、少なからず犠牲が出てしまう……だから!)

『繰り返します。現在、この街に宇宙からの侵略者が接近しています』

警告に伴い、門市内では交通規制も始まっていた。

大混乱を避けるため、一般車両はGPSを介したハッキングにより、路肩に強制停止させられている。

その間をトキサダの駆る、黒い大型SUVだけがすり抜けた。自然と、街にあふれた人々の注目を集める。

(ここにいる一人でも多くの人たちを、救ってみせる!)

防衛組織ダイビートがこの街にある。そのことを初戦で、市民にも「アルダーク」にも見せつける必要があるのだ。

すでに戦いは始まっていた。

SUVのナビ画面に、本部から門市内の戦況が飛び込んでくる。

簡略化された地図上に、こちらの戦力を青で、敵を赤で塗り分けたもの。紫に混ざった部分が今、戦場となっている場所だが――

「……こちらの人手が薄いのは、くそっ」

赤だけに染まった箇所が一つだけある。皮肉にも車が走ってきた方向とは真逆だ。

慌てて車道をUターンし、トキサダは現場に向かった。


瓦礫の散乱する道路脇に車を停めて、外に飛び出せば——見るも無残な光景が取り巻いていた。

(俺が見た未来と、ここまでは同じだ……！)

駅前の広いロータリー。

いつもは人の往来であふれ、待ち合わせにも使われるスポットだ。

だがそこはあちこちが破壊され、投げ飛ばされた車両が横転し、外灯や街路樹が薙ぎ倒されていた。

きれいにタイルの張られた歩道も抉られ、ビルから剥離したコンクリートや、ガラス片が散乱している。

——凄惨《せいさん》な、人の死体といったものはない。

けれどもトキサダは知っている。未来で、多くの人々がどうなったかを実際に見てきた。

「……！」

よく見れば瓦礫の中や、歩道の隅に、たくさんの虹色の煌めきが落ちていた。

どれも鶏卵大くらいの丸石だ。

犠牲者のなれの果て。特殊な光の照射を受けて変貌した、人であったものだった。

その数は、ほんの少し見回しただけで、いったいいくつあるのだろうか？

(落ち着け……石化は、きっと救える！)

その技術の開発をダイビートでも進めている。

事前にわかっていたことだから。

サンプルとして石そのものが手に入れば、高円寺さやかならば必ず、元に戻せるだろう。

だからトキサダはいちいち丸石を拾わない。回収は後でいい。

それよりも問題は、ここに戦闘スタッフが間に合っていないこと。

──「アルダーク」は人を石化するだけではないから。

(これ以上の犠牲者はっ……！)

「グアアア──────ッ!! オルタナ～チュ～ニングッ！」

空から怪光線が一つ、疾《はし》った。直後、地上で光が弾ける。

近くで誰かが怪人化させられたのだ。

「きゃあああああああああああああああ！」

聞こえたのは少女の悲鳴だ。

トキサダはもちろん、声のした方へと急いで向かう。

「ブーッ！」

「ブブブーッ！」

黒い、つるりとした甲皮を持つ人外の集団がいた。

あの耳障りな鳴き声をトキサダは忘れもしない。「アルダーク」の送り込んできた、「フーマン」と呼ばれる戦闘兵士ども。

人の形をしていたが、人工的に生み出された生物なのか。顔面には黄色く濁った丸い目玉が二つあるだけで、殴るのに特化した前腕が肥大化している。

繊細な作業を必要としないためか、指はたった三本ずつだ。

戦闘力は単体で野生の猛獣を上回る。そいつらがここだけで、ざっと五十体以上はいた。

この一帯が破壊し尽くされるわけだ。

そんな群がるフーマンどもの中心に、倍ほどの体躯を持つ、黄色い巨体が現れていた。

「レールフラスト!?」

その名を思わずトキサダが叫ぶ。

名前を呼ばれ、黄色いフラスト怪人がこちらを向いた。

フーマンたちの輪が割れる。

光線を受けた怪人は、素体となった人間の趣味嗜好《しこう》をもとに、姿と能力を変化させる。

レールフラストは電車の先頭車両のような箱形ボディに、線路をくっつけた形をしていた。頭についた赤い目は、踏み切りの警報灯とそっくりだ。

（！　あの娘はっ？）

けれどもトキサダの視線は、そんなレールフラストの正面。今にも襲われようとしていた、制服姿の女子学生たちを捉えていた。

三人いる、そのうちの一人に見覚えがあった。

ユーノの放送が入る少し前のこと。トキサダが足を向けた、この近くの公園で出会った、赤いスポーツシューズの少女だった。

「もし市内で遊ぶ予定なら、今日はやめておいた方がいい」

――そう忠告したはずなのに。

おそらく友人との待ち合わせ場所に来てしまったのだろう。

しかし、襲われる寸前で間に合ったのも何かの縁か。レールフラストとフーマンたちの目は、完全にトキサダに向いていた。

「く……！」

「待ちなさいっ！」

戦うしかない、と覚悟したとき――鋭い制止が割り込んだ。

空を駆け、鮮やかなピンクの衣装を纏う超昂戦士が飛び込んでくる。

フーマンどもを軽く蹴散らし、ふわりとこの場に着地を決めた。

「青い地球を守るため、胸の鼓動が天を衝《つ》く！　エスカレイヤー、悪の現場に只今参上‼」

間に合った。それも最強の戦士の一人が。

真っ赤な髪と黄色いリボンをなびかせて、エスカレイヤーが深紅の刃を振り上げた。

駆けつけたのは彼女一人ではない。

「人々の希望を奪い、絶望を撒く魔の尖兵……。もはや贖罪の刻《とき》は尽きました」

六枚の翼で真っ直ぐに天空から降りてきたのは、青い聖鎧を着た神騎だ。

そのクールな眼差しがどこまでも冷たく、怪人と戦闘兵士どもを見回した。

「我、神騎エクシール！　罪に汚れし、その魂……神に代わって誅滅《ちゅうめつ》します‼」

澄んだ青髪を掻き上げて、エクシールが神武ソル・クラウンを構える。

（来てくれたか！）

乱れたフーマンどもの中に飛び込んで、トキサダはサポートに回る。女子学生たち三人を庇うように、レールフラストの前に立ちはだかった。

フーマンは戦うためだけに作られた兵士だ。すぐに混乱から立ち直ると、何体かが一斉にトキサダへと向かってきた。

だが敵は戦う前にすべて、凄まじい雷光で焼き尽くされる。

そんなことができる者はダイビートでも一人だけ。

「悪鬼彷徨う現《うつつ》の闇を、払うは月影、我、上弦なり！」

いつの間にそこにいたのか。黄色い忍び装束に身を包むハルカが、トキサダとぴったり背中を合わせていた。

目が合えば彼女は軽くトキサダにだけ微笑み、愛用のクナイを手に、戦う女の横顔になった。

「想破上弦衆、閃忍。ハルカ、見参!!」

——女子学生たちの背後から襲いかかろうとしたフーマンどもは、飛んできた巨大な手裏剣に一掃される。

その手裏剣が戻っていった、近くのビルの屋上には、ピンクのツインテールが揺れるナリカの姿があった。

二人の閃忍は完全に回復していた。エスカレイヤーとエクシールに、まったく見劣りしない。

「何者かは知らんが……色の主張の激しい女どもが、しゃらくさい！　行けえッ！」

「ブーッ！　ブーッ！」

「ブブーッ!!」

レールフラストが指示を出せば、フーマンが赤、青、黄の戦士たちに突撃した。

「負けません！　はああっ！」

エスカレイヤーの剣が、ビームのように伸ばされて敵を切り裂く。

「神撃します……未明の断罪者《ドーン・パニッシャー》！」

エクシールはいきなり必殺の一撃を放った。神武の刃は邪魔するザコどもを薙ぎ払い、レールフラストの巨体にまで届く。鋼鉄のレールを切り飛ばした。

「グオオオオオオオオオッ!?」

頭上には手裏剣が飛来し――ハルカが雷撃を当てる。手裏剣の表面で拡散した閃光が、周囲のフーマンどもをまとめて絶命させた。

「す、すごいっ、あれは……」

巻き込まれないようトキサダとともに離れた、女子学生たち。その一人である、あの少女が戦いに見とれていた。

「閃忍に、神騎に、超昂戦士だ」

トキサダも、頼もしい仲間たちの姿に見惚《みほ》れる。

やっとここにこぎ着けた。きっと勝てる、と信じられる。

今度こそ未来を守り抜くために。

「ちょうこう、せんし……！」

ぽつりと少女が、トキサダの言葉を反芻《はんすう》していた。

これは、この日この時に出会った少女「園崎《そのざき》アカリ」が、超昂戦士「エスカ・ルビー」になる前の物語。

そして「アルダーク」との戦いは、ここから激化していく。

——その先に戦部トキサダをどんな死闘が待ち構えているかは、まだ誰も知らない。

あとがき

こんにちは、またはこんばんは。ソーシャルゲーム『超昂大戦』で企画、ディレクションを担当しているＨＩＲＯといいます。エッチで強くなる変身ヒロインがあんな目や、こんな目に遭う〝超昂シリーズ〟を含めた、ＰＣエロゲーを制作しておりまして、初めましての方は、以後お見知りおきくださいませ。

さて、今回は二次元ドリームノベルズさんから超昂大戦のノベルを刊行していただけるということで、タイミングよくご縁のあったひびき遊《ゆう》先生とタッグを組む事になりました。

先生は、これまでにも数多くの美少女ノベルを執筆しているお方でして、その実力も折り紙つきの作家さんです。『ビギニングストーリー』では、プロット（お話の大筋）は私が準備して、執筆を先生にお願いしたのですが、「ここはこういうことですね！」「ここはこうしていいですか？」と、エロ描写も含めて前向きな提案を数多くしていただきました。

というわけで、こっちもあっちもノリノリで作りました公式ノベルです。

すでにゲームをプレイされてます方には作品世界を広げる一助に、ゲーム未プレイの方はぜひこのビギニングストーリーをきっかけに超昂大戦に触れていただけますと幸いです。

それでは、今後も超昂大戦、ならびに弊社アリスソフトのエロゲーをよろしくお願いいたします。

“勝ってもH、負けてもH”
累計30万本突破の
『超昂』シリーズ最新作！
キャラの数だけ純愛《エロ》と敗北《エロ》がある！
君だけの戦記を刻め！
超昂大戦
～エスカレーション・ヒロインズ～

ある日、地球は悪の組織アルダークの侵略を受ける。
ピンチに立ち上がったのは地球防衛組織ダイビート。
キミはダイビート長官となり、強く美しい超昂戦士たちを率いて
地球の平和を守るのだ！
『勝ってもH負けてもH』は、そのままに。
全員出撃のわちゃわちゃバトルRPG！

超昂大戦
～エスカレーション・ヒロインズ～
限定シリアルコード
アリスソフトの『超昂』シリーズが
FANZA GAMESにてブラウザゲームとなって絶賛稼働中!!
下記のシリアルコードを入力するとガチャチケットが貰えちゃうぞ!
小説『超昂大戦エスカレーションヒロインズ ～ビギニングストーリー～』版
シリアルコード
BST692857432RY
シリアルコード有効期限
2022年6月23日予定
※このアイテムはお１人様１回となります。複数購入された場合でも、１回の受け取りとなります。
公式サイト
FANZA GAMES 超昂大戦

ママは対魔忍
乱れ堕ちる熟くノ一

愛する夫と息子と平穏な暮らしを送っていた元対魔忍の吉沢加奈。しかしとある日、魔族によって襲撃され、巻き込まれた息子の友人の健也が、強制発情の呪いをかけられてしまう。元対魔忍としての矜恃から加奈はその豊満で熟れた身体を使って、呪いを解くため少年に精を吐き出させていくが、やがて健也にはドス黒い感情がわき上がり……。

原作：Black Lilith
小説：新居佑　挿絵：えれ2エアロ

好評発売中

2D DREAM NOVELS

超昂大戦

エスカレーションヒロインズ ～ビギニングストーリー～

2021年12月30日　初版発行

【著者】
ひびき遊

【原作】
アリスソフト

【発行人】
岡田英健

【編集】
木下利章

【装丁】
マイクロハウス

【印刷所】
図書印刷株式会社

【発行】
株式会社キルタイムコミュニケーション
〒104-0041　東京都中央区新富1-3-7ヨドコウビル
編集部　TEL03-3551-6147／FAX03-3551-6146
販売部　TEL03-3555-3431／FAX03-3551-1208

禁無断転載 ISBN978-4-7992-1581-4　C0293